目次

contents

渚のはいから熟女

港町恋物語

第一章　あまく危険な香り

1

「くう、やっぱりおいしいです。これはたしかに魔法のジン・トニックですね」

松本孝史《まつもとたかし》は、三杯目のジン・トニックを飲みほした。

このジン・トニックは、孝史がいままで飲んだジン・トニックとは次元が違った。

グラスから立ちのぼるライムの香り。香りに誘われるまま、グラスを口につけると、ライムの爽やかな風味が舌にひろがり、炭酸とジンが喉を心地よく刺激する。

今日、はじめて入った店に孝史はいた。

(酔ってるのに、味がわかるほどうまい。こういう店でデートしたかったな……)

失恋でぽっかり空いた穴を埋めるように、孝史は飲んでいた。

カウンターの向こうには、壁一面の棚があり、そこには隙間なく洋酒が置かれている。棚だけではおさまりきらないのか、幅四十センチほどのマホガニーのカウンターにも、二列にしてボトルが並べてあった。

カウンターには、エプロンと糊《のり》のきいたワイシャツ姿のマスターとおぼしき四十くらいの男性が立っている。

――松本さんのことは、そういうふうに見られないんです。ごめんなさい。

満開の桜並木を歩いているとき、孝史は職場の後輩、黒木花《くろきはな》に告白した。

花は孝史よりひとつ年下の二十五歳。肌が白く淡い口紅の色でも顔がほんのり華やぐ、控えめな美しさの持ち主だ。口調もしぐさも落ち着いているが、胸にはボリュームがあり、薄化粧でも肌からは色香が漂っている。

ビルメンテナンス会社の営業をしている孝史と、同じ会社の総務で働く花との接点はあまりなかった。花と孝史は残業帰りに、たまたま駅までいっしょに歩いて、それから話をすることが増えた。

彼女の声は落ち着いていて、笑い方も優しい。

二十六歳にして女性経験がない孝史は、どうしても女性に構えてしまうところがある。しかし、花とは自然に話すことができた。

昭和の喫茶店めぐりが趣味という共通の話題があり、互いにいい店を紹介し合ったりした。

学生時代も、何度か異性に恋心を抱いたことがある。けれど、友達以上に見られないから、という理由でふられて現在に至っている。

でも、花となら、きっとうまくいくのではないか。

そんな気がした。

会話のリズムも、休日は昔ながらの喫茶店めぐりを楽しむという点も同じで、ともにいて疲れない。

これこそ運命の出会いだ——孝史はそう思った。

職場の後輩に特別な感情を抱くと、あとがやっかいだとわかっていても、自分の気持ちをとめられなかった。

半年ほど、ふたりで東京の昭和レトロ喫茶店めぐりをした。会話はほとんどなく、店の名物を食べ、持参した文庫本を読む。その店によって、ＢＧＭはクラシックだったり、ポップスだったり、ジャズだったりしたが、音楽は耳に入らなかった。

花のかすかな息づかい、ページをめくるしぐさ。それに意識が集中していた。

いまになれば、告白しないまま思いを秘めておけばよかったのかな、とも思う。

だが、そうやって喫茶店めぐりをしているうちに、思いをとめられなくなった。

上野《うえの》の喫茶店を出て、その帰り道に孝史は告白した。

しかし、花はいままで告白した相手と同じような答えをして、孝史から目をそらした。

花の様子からも、もしかしたら、という感触を得ていただけに、あっさりひと言でふられたダメージは大きかった。

半年、喫茶店で時間を共有した。だから、きっとうまくいくと思っていた。

あまい期待が粉々にくだけ、孝史はすぐ近くにあった居酒屋に入り、したたかに飲んだ。

上野から神奈川の汐磯《しおいそ》町までは電車で約一時間半。車内でも缶チューハイを飲んでいた。

汐磯の駅についたが、アパートにまっすぐ帰る気にはなれなかった。

そこで、ふらふらと駅前商店街に入った。

いつもは駅についたら、駅すぐそばの定食屋で食べ、家に帰って寝るだけなので、商店街をゆっくり歩いたことはない。そのせいか、商店街が新鮮に見えた。

酔ってふわふわした足取りで歩いていると、看板が足にあたった。

店の前の看板は黒板になっていて、チョークで「魔法のジン・トニックいかがですか」と書かれていた。

(魔法か……魔法にかかるのも悪くないよな)

入口は上半分がステンドグラス、下半分が木のドアだ。

その横には「ＢＡＲ門来《もんく》」というネオンサインが光っている。

孝史は吸いこまれるように、その店に入った。

ふだんなら、コンビニでさらに缶チューハイを買って、部屋で酔いつぶれるまで飲む。新しい店に入ろうと思ったのは、手痛い失恋と酔いのせいだろう。

「そうおっしゃっていただいて、うれしいです」

天鵞絨《ビロード》のような声で、マスターが答える。

体格がよく、二の腕が太い。孝史が想像しているバーテンダーとは少し違う雰囲気だが、櫛《くし》を入れられた清潔感ある黒髪に、染みひとつないワイシャツから威厳が漂っていた。

金曜日の夜十一時すぎだというのに、客の姿は見えなかった。

いつもの孝史は、飲み屋に来ても無口なほうなのだが、今日は誰かと話したくて仕方がなかった。

「俺が居酒屋で飲んだジン・トニックとは全然違います。ああ、こういうお店を知っていて、もっと俺がスマートにふるまえていたら、彼女にふられなかったのかな」

「おやおや。ふられたのですか。それはおつらいですね」

「うまくいくって思っちゃったんですよね。彼女に脈がないなって思ったら告白なんてしませんよ、俺だって。でも、俺の勘違いだったみたいで、告白したら木っ端みじんです。同じ職場ですけど、週明けに顔合わせなくてもいいのが救いですよ」

「いいご経験だと思えば」

マスターが微笑《ほほえ》む。

「そうですね。いい経験でした。マスター、ジン・トニック、もう一杯ください」

「今日はこのジン・トニックとの出会いの日。また次にいらしたときに、お出ししましょう」

「俺はまだ飲みたいので、おいしいジン・トニック、出してくださいよ」

孝史はいい気分だった。極上のジン・トニックが、体と心を上気させた。

ライムの香りがジンのフレーバーと交わり、炭酸が舌を爽やかにくすぐる。

このジン・トニックを浴びるほど飲んで、心の穴を塞ぎたい。

明日は休みだし、泥酔しても大丈夫だ。今日くらい、うまい酒で酔いつぶれたい。

「お兄さん、わたし、わかっちゃった」

ほかに客がいないと思っていたので、孝史は驚いた。声のほうに目をやると、カウンターの右端、いちばん壁ぎわの席に、すらりとした女性が座っていた。

よく通る声の持ち主だ。

大声ではないのに、すっと内容が耳に入ってくる。店にはジャズが会話を邪魔しない程度に流れているのだが、少し離れた席にいた彼女の声はしっかり聞こえた。

孝史のほうを見ず、女性はグラスを傾けている。映画などでよく見る、逆二等辺三角形のグラスで、中には水色のカクテルが入っていた。

横顔だけでも、整った顔立ちだとわかる。孝史から見える側の髪を耳にかけているので、耳たぶについたフープ形のイヤリングが光を反射してきらめいていた。

「わかっちゃった、というと……」

孝史が尋ねた。ふだんは定食屋やラーメン屋でひとり飯を食べ、飲み屋に行くことがあっても、友人とチェーン店の居酒屋に行くぐらいだ。

なので、見知らぬ客から話しかけられたことなどなかった。

それも、魅力的な女性から——。

「彼女にふられた……というか、同僚にふられた理由」

「ぜんぶ聞いていたんですか。さっきまでいなかったような……」

「それは、わたしがお手洗いに行っていたからよ。お手洗いはわたしの席のうしろだし。出てきたら、あなたが二杯目のジン・トニックを飲んで、マスター相手に話してたの。あんな大声で言っていたら、いやでも聞こえるわよ」

女性が孝史のほうを向いた。

孝史は目をまるくした。見まがうことなき美女だ。

これまでの生涯で、会ったことのないタイプの女性だった。

切れ長で意志の強そうな目もとに、通った鼻すじ、下唇が少し厚く色っぽい。そして、薄化粧ながら驚くような色の白さ。

前髪のないミディアムヘアに、ブラウスとタイトなデニムスカートなので、雰囲気はカジュアルだ。これで、ワンピースなど着ていたら、孝史が話しかけることなどできなかっただろう。

「は、はぁ……」

失恋話を聞かれたのが、そんな女性だったと気づいて、孝史は耳まで赤くなった。

「あら、どうしたの」

女性が大きな目を孝史に向け、首を傾《かし》げる。孝史の次の言葉を待っているように、柔らかそうな唇の端をあげた。

「い、いえ。情けない話をお聞かせして、恥ずかしいです。それより、わかっちゃった、っていうのは……」

「ふられた日に、どうしてふられたか、なんて聞きたくないわよね。いいのかしら」

「もう、ここまで来たら教えてください。これ以上、底に行きようがないし」

と言うと、女性がふっと笑った。

「それくらい好きだったのね。普通は傷つくことを怖がって、理由なんて知りたがらないのに」

「理由があるなら、知りたいですよ」

「わたしが見た限り……いい男じゃなかったから、かな」

みぞおちにパンチをくらうのはこんな感じだろうか。それとも、ストレートか。

とにかく、孝史の頭がぐらりと揺れる。

ストレートもみぞおちにもパンチもくらったことはないけれど——同程度のダメージを受けていた。

「知ってますよ、それは……」

学歴、運動神経、外見、身長、すべて中。いい男の通信簿がもしあって、それが五段階評価であれば、すべて三。孝史はそんな男だ。

（久住《くすみ》さんは、俺とは違うものなあ……）

それに対して、孝史の上司、県内統括マネージャーをしている久住は一流大学卒で、外見もよく、プライベートでは休日に息子のサッカー練習を手伝い、社内フットサル部の部長でもある。フットサルでは華麗にボールをさばき、観客を沸かせる。

そのうえ、顔立ちが整い、愛妻家、都内にマンションを買っていた。

いい男の通信簿なら、間違いなく五段階評価で五の男だ。

「いい男は、なんというか、生まれついていい男って感じで、どうしようもないですよ」

「そうね」

速い。そこは間を置いて、ダメージを少し和らげてくれないのか。

「女もそうよ。顔と骨格でだいたいが決まっちゃう」

「ですよね……」

身もふたもないが、真実だ。外見は相貌の善し悪《あ》しと頭身で決まる。変えるのはなかなか難しい。

「でもね、あなたの問題はそこじゃないのよ」

女性の口調があたたかくなった。

「大人の男のふるまいが身についてないから……かな」

女性は笑顔だ。そして、笑顔で孝史にとどめを刺した。

(これは慰めるふりをして致命傷を与えているじゃないか)

孝史は涙目だ。

マスターはグラスを磨いていて、孝史に助け船を出してくれる気はなさそうだ。

こういうとき、バーのマスターというのはそれとなく助けてくれるのでは、などと勝手に想像していた。

「そ、それじゃあ、もう零点じゃないですか」

「そういったふるまいは、いまからでも間に合うわよ。たとえば、さっきマスターが次にいらしたとき、って言ったのは、遠まわしに酔っているからもう帰ったほうがいいって伝えていたのよ。それにあなたは気づかなかった」

「お酒がおいしかったので、つい……」

孝史は小さくなった。

女性がスツールを移って、孝史の隣に来た。そして、カウンターの上に乗せられた孝史の手に、白い手を重ねた。

「マスターがそう言ったのはね、つぶれるまで飲むのではなくて、おいしいお酒のうちに帰って、あなたに休んでほしいと思ったからよ」

手のひらから伝わるぬくもりが、孝史の心を解かしていく。

「うるさい客とかそういう意味じゃないってことですか。俺、気づかなくて……」

孝史はすがるように、その女性に言った。

「初来店で、失恋の話をしているお客を放っておく店じゃないわよ、ここ。それに、わたしだってふだんは口出ししないけど、あんまりかわいそうだから、ついよけいなこと言っちゃった。わたしもまだまだだね」

女性がやれやれと首をふる。

「あの、失礼ですが、もしよければ、お名前を聞いてもいいですか」

「わたしは小泉響子《こいずみきょうこ》。キミの名前は」

2

「歌えるじゃない、キミ」

「キミじゃないですよ、孝史です」

ふたりは、ふらつきながら商店街を歩いていた。

バー門来を出たあと、響子行きつけのスナック来音《らいおん》に行き、焼酎を飲みながらふたりでカラオケを歌った帰りだ。

取引先や、上司との飲み会のあと、カラオケに行くことがある。その際、いま流行のものを歌うと場がしらけるとわかったので、ちょっと懐かしい曲を覚えて歌うようにしていた。

さっきスナックで歌ったのは、山下達郎《やましたたつろう》の曲だ。社用の飲み会でヘマをしないように懐メロをカラオケボックスで練習したのがよかったのか、はじめてのスナックでも堂々と歌えた。

スナックは常連客で満席に近く、響子が来ると客たちが拍手で出迎えた。

響子はここが地元なのだろうか。そう思いながらスツールに座ると、店員がやってきた。

「いらっしゃい。はじめまして、くるみでーす」

肌が黒く、髪は金髪の女性店員が響子のボトルと氷などのセットをテーブルに置いた。丸顔で親しみやすい雰囲気ながら、声は酒と煙草《たばこ》のせいかかすれている。

胸の谷間がはっきり見えるVネックのカットソーに、スカイブルーのタイトスカート。年のころは二十代前半のようだ。

海と山に囲まれ、ひと昔前はビーチリゾート地として栄えた汐磯町には、太平洋の波を求めて移住したサーファーも多い。彼女もそのひとりだろうか。

「こちらはくるみちゃん。門来のマスターの妹さんなの」

「え、あのマスターの妹さん」

年がずいぶん離れているようだ。

「兄貴の店から流れてきたんだ。兄貴の声、すごいっしょ」

「抱かれたくなるような声というか……雰囲気のある方で、ダンディーでした」

「そう思うっしょ。実はさ……まあ、この話は今度しよ」

くるみが水割りを作ると、響子の前に出した。

「キョンさんが男の客を連れてくるなんて珍しい」

響子はくるみからキョンさんと呼ばれているようだ。

「くるみちゃん、わたしだって、たまに憂さ晴らしするわよ。それにね、この子、かわいそうなの。聞いてあげて」

孝史を隣に座らせた響子が、くるみに語りはじめた。

孝史の告白と、あっけない終わり。

「こ、高校生？　なんか、ピュアすぎでしょ。お兄さん、ちなみに何歳」

年齢を聞いたくるみと響子が顔を見合わせた。

「二十六」

ふたりは絶句した。二十六の告白法ではないのか。それとも、告白でふられたダメージが大きいと思われたのか。

「わたしはいま三十二だけど、二十六のときはもうスレてたからな」

響子がグラスを傾けながら言った。

「うちは二十三だけど、中学でそこらへん卒業してるわ。甥《おい》っ子の話かと思った」

くるみも目をまるくしている。

「いまどき、社内恋愛もたいへんなんですよ、気を遣って、彼女に迷惑をかけないように必死でやったんですけど……俺の独り相撲でした」

孝史は小さな声で答えた。

「えらい」

くるみが言う。

「そうね」

響子がうなずく。ふたりの背後からは、男性客が歌う「酒よ」が流れてくる。

「なにがえらいんですか」

「正直に言えるところ。そういう子が伸びるのよ」

「かもしれない」

ふたりがうんうんうなずく。

「ねえねえ、キョンさん」

「なあに」

「この子、なんとかなるんじゃない」

「くるみちゃんもそう思った？　わたしもそう思ったの。よし、いけそうだってことで」

「カンパーイ」

孝史のことを置いてけぼりにして、女性ふたりは意気投合し、乾杯していた。

それから、ボトルを開けて、ボトルを開け……。

（いったい、どれくらい飲んだんだ……そして、ここはどこだ……）

孝史は、仕事の都合で、この汐磯町に越してきてまだ一カ月だ。

土地勘はない。

（そうだ、スマホで地図……）

スマートフォンの画面が暗い。電源も入らない。充電が切れたようだ。

（家への帰り方がわからない……）

春から県西部マネージャーになったので、横浜《よこはま》の本社から車移動だと時間が足りなくなる。営業先や、担当のビルなどまわる先が多いのだ。

そこで、会社の援助も受け、思いきって汐磯町に引っ越した。引っ越して以来、週に二日の出社以外は、社用車を自宅アパートに置き、直行直帰している。報告はデジタルでできるので、体は楽になった。

ただ、片思いの相手、黒木花と離れてしまうのだけが悲しかった。しかし、それも終わったことだ。ふられたからには、顔を合わせる回数が少ないほうが気楽だ。

とはいえ、いまの状況はまずい。

（タクシーを呼ぶか。あっ、でも住所はスマホの中だ……）

このままでは帰れない。横浜であれば、駅前にあるネットカフェで朝まで過ごすことも可能だが、汐磯町にネットカフェはない。

「孝史くん、どうしたの」

「それが、家がわからなくなっちゃって」

響子が笑った。

「そういう方法は、ちょっとあざといかも」

「そうじゃないんですよ、ほら、スマホの充電が切れて、俺は引っ越したてて、住所覚えていなくて、しかも、酔っているから方向感覚おかしくて」

「おもしろい」

響子が真顔で言った。

そして、孝史の肩を手でポンポンとたたいた。

「じゃあ、うちに来たらいいじゃない」

「そ、そんなつもりで言ったわけじゃ」

「家、ここだし」

響子が右手を指さした。

指の先には、明かりの消えたプラスチック製の看板があった。

看板には「喫茶人魚」と書いてある。

店を見ると、地面から一メートルまでレンガばりの壁になっており、その上一メートル五十センチほどはガラスばりになっている。窓に白いプリーツカーテンがかけられているので、中は見えない。

ガラスの上には緑色のビニールの庇《ひさし》があり、入口の横には年季の入ったアロエが大鉢に入って置いてあった。ガラスのドアはもちろん自動ドアではなく、ドアの持ち手の上に「引」と貼ってある。

(見まがうことなき昭和レトロ喫茶だ……)

昭和レトロ喫茶めぐりが趣味の孝史にとって、理想の喫茶店だった。

(ビニールの庇に、何年ものかわからない観葉植物が窓ぎわにあるのはポイント高い。ああ、窓もきれいに拭いてあるし、壁がレンガって最高だ)

響子がふらつきながら鍵を開け、中に入る。ドアベルがカランと鳴った。

(ドアベルだっ。こういうのだよな……おお、かすかに漂うコーヒーと油のにおい。これは、食事も期待できる店じゃないか。灯台もと暗しとはこのことだな)

明かりがついた。

閉店後の喫茶店にいるのは、妙な気分だ。

入ってすぐの右手にはボックス席が三つ並んでいる。焦げ茶色のソファの革は色あせ、革をとめる鋲《びょう》もくすんでいる。白い天板に足下が銀色の円錐形のテーブルも昭和のデザインだ。

カウンターはボックス席の向かい側にあった。カウンターの手前にはレジ。そして、レジの隣にはレコードプレーヤーがあり、スピーカーが店内のそこかしこにあった。

カウンターの奥の作りつけの棚の上半分にはコーヒーカップ、下半分にはレコードがぎっしり詰めこまれている。

奥にも四つほどボックス席があり、カウンターは五席。

こぢんまりとしていて、居心地のいい店だ。

「お水、どうぞ」

響子がカウンターの中に入り、グラスに水を入れると、孝史に手渡した。

孝史が飲んでいると、響子はカウンターの中で水割りを作っていた。

「まだ飲むんですか」

「わたしは強いから、これくらい飲まないと酔えないの」

「飲みすぎですって」

「寝るなら、このボックスのどこかを使っていいから」

カランと氷が軽い音を鳴らした。響子がグラスを傾けていた。

「毛布、持ってきてあげる」

響子が事務室というプレートのついたドアを開けて中に入った。

「枕もあるから、孝史くんも来てくれる」

ドアの向こうから呼ばれ、孝史はノブに手をかけた。

「失礼します」

そう言って、ゆっくりドアを開ける。

ドアの奥には、三畳ほどの休憩スペースがあるだけで、そこは無人だった。

事務室の横の階段の前に、響子が脱いだパンプスがつま先をドアに向け並べてある。

その横には小さな靴箱があり、そこには女性用のスニーカーや靴が六足ほどあった。

階段をあがったところから、声がした。

「上よ、上」

孝史も靴を脱いで、あがった。古い建物らしく、階段は急だ。木でできた階段をあがるたび、ギシッギシッと音がする。

のぼりきったところの右手にある部屋のドアが開いていた。

そこから、山下達郎の曲が聞こえていた。さっき、スナックで孝史が歌った曲だ。

部屋に入る。そこは響子のプライベートスペースらしく、キッチンとふたり用のダイニングテーブル、そして奥の和室にはシングルベッドがある。ダイニングテーブルの上に、ウイスキーの瓶と中身の入ったグラスが置いてあった。

生活感のない部屋だ。スーツケースが置いてあるくらいで、物は少ない。

天井の明かりの代わりに、ダイニングテーブル横のフロアライトがつけられていた。白くまばゆい蛍光灯のよりも、オレンジ色の懐かしさあるライトの明かりが、部屋の雰囲気にあっている。

孝史は、レコードプレーヤーに目をやった。その両わきには、高さ五十センチ、幅三十センチほどの大きなスピーカーが置いてある。

音はそこからしていた。いまどきはスマホで聞くのが一般的だが、響子はアナログ派のようだ。

最近、こういった四角くて大きなスピーカーを見ることは少ない。いまはなんでも小さいのだ。音を大きくして音楽を聴くより、耳にフィットしたイヤホンで聴ければいいし、スピーカーも小さくて高音質なものがたくさんある。

レコードプレーヤーも、この大きなスピーカーも、孝史にとってはノスタルジックなものだった。

しかし、レコードで聞くと、雰囲気のせいか、音にあたたかみが感じられる。

「はい、これ使って。朝方は冷えるから、ちゃんと毛布を巻いて寝るのよ。うちの店は八時半オープンだから、朝ご飯くらいサービスするわよ」

響子が毛布を手渡しがてら言う。

「いえ、急に泊めてもらったうえに、朝ご飯をごちそうになったら悪いです。今度、ゆっくり客として来ますよ」

「休みは早く来ないと満席になるから、そのつもりでね」

「わかりました。あと……」

「あと、どうかした。トイレなら下にあるわよ」

「そうじゃなくて、響子さんがちょっと飲みすぎかもって思いまして……」

孝史がちらっとウイスキーに目をやった。

「飲んでも飲んでも、酔えない夜ってあるのよね」

響子が腕を組んで微笑む。ガードを堅くした、そんな印象を孝史は抱いた。

「……響子さん、飲んでも酔えないようなことがあるのなら、俺でよければ聞きますけど。失恋で心がグチャグチャだった俺を励ましてくれたお礼です」

「励ました……つもりはなかったけど、そう思ってくれたならうれしい。でもね、話したところで、どうにもならない。わたしが飲んでも酔えないって言うのは、そういう類《たぐい》の話。話したところで、あなたが抱えきれるとは思えないし」

二十六の孝史では、話にならない。そういうことなのだろう。

「抱えきれない話があるとき、お酒以外の解消法があるのって知ってる」

響子が孝史に近づき、囁《ささや》いた。

孝史はしばし考えて、答えた。

「運動ですか」

昇華だ。たしか保健体育で習った。

「まあ、運動の一種ね。男と女がふたりでする運動」

3

孝史は固まった。

男と女がふたりでする運動といえば、ひとつしかない。

組み体操。

そう答えそうになる。違う。この状況では違う。明らかに不正解だ。

「ええと、それは、その」

「そう」

響子が孝史の目を見つめる。

「こういうの、嫌いかしら」

耳もとで囁かれた。そこで、ようやく自覚する。誘われている、と。

頭の中で、何度も妄想を繰りひろげた。そのときの片思いの相手に悪いと思いつつ、彼女たちとベッドインする自分を夢見た。

最近では花が妄想の相手だった。

腕の中で花があえぎ、そして花の中で果てる己の姿を孝史は何度も思い描き、それをオカズにして何度も自慰をした。

だが、しかし――。

「いきなり、出会ってすぐは……」

響子が孝史の肩に両腕を乗せて、体を近づけていた。

視線を顔に、ぬくもりを肌に感じる。

響子の胸の先が、孝史のみぞおちにあたっていた。

(柔らかい……女の人の体って、本当に柔らかいんだ)

ウイスキーのスモーキーな香りに混じって、あまい香水の匂いがふわっとする。

女性とこんなにも近い距離にいることを自覚して、孝史の股間がようやく充血した。

「あ、硬くなった」

響子が微笑む。海綿体が充血し、ムクムクと大きくなった息子が、パンツの中で出口を求めている。

「すいません」

「どうして謝るの。こういう反応、自然じゃない。実は結婚してるとか」

「違いますよ。そんな不純な男じゃないです。俺、その……」

　喉まで出かかった言葉を呑《の》みこむ。

　これを言うのは、かなり勇気がいる。

（でも、待てよ。これっきりなら……今晩だけの出会いなら……）

　言える気がした。

　響子なら、笑わずに聞いてくれる気がしたからだ。

「俺、童貞……なんです」

「そうなの。よく言ってくれたわね」

　響子が孝史の頭を抱いた。後頭部をヨシヨシするようになでる。

　指のぬくもりが気持ちよい。

　孝史には、リードしたい欲も虚栄心もない。

　スナックや、バー門来で洗いざらいぶちまけたのだ。告白して木っ端みじんにふられた自分が、いまさらとりつくろってなんになる。

「恥ずかしいわよね。はじめてだって言うの」

二十六にして童貞なんて、絶対笑われると思っていたので、響子の優しさがうれしかった。

「引かないんですか」

「引かない程度に、人生経験は積んでるの。だから、運動しよう、って誘ったんじゃない」

「あ、そうか」

クスッと笑った響子の吐息が鼻にかかった。

「響子さん、教えてください……」

「……いいわよ」

響子は、虹彩がはっきりした瞳でこちらを見つめている。

くだけた雰囲気から、妖艶な淑女の顔に変わっていた。

(同じ……人だよな)

先ほどまでは気のよいお姉さんのような雰囲気だったのに、別人のようだ。

これが女性というものなのだろうか。

孝史は響子の唇に、自分の唇を重ねた。

（おお、柔らかい……あたたかい……）

あたりまえのことに感動する。漫画で、小説で、映画で、いくつものキスシーンを読み、鑑賞した。しかし、そこに体温はなかった。アルコール混じりの吐息も、その吐息が顔にあたるときのくすぐったさも、小説や映画ではわからないものだった。

ぬくもりのあるものが唇に触れただけで、鮮烈な欲望が体に満ちる。

孝史は本能のまま、唇を押しつけた。

「ん、んんっ」

響子が孝史の肩を押して、離した。

「押しつけるだけじゃダメ……キスは大事。セックスの入口なんだから」

響子が孝史の手をとり、ベッドへと誘《いざな》う。

勃起したまま歩くのが、こんなにも痛いとは知らなかった。

新しい世界を知ることは、痛みをともなうことなのか、などと孝史は思う。

前かがみになった孝史のあごを、響子が白い手で挟んでいた。

「上を向いて。しっかり立って」

孝史は股間の痛みをこらえて、背を伸ばした。

目線を下げると、響子が孝史を見あげている。

響子は孝史より、少し背が低い。百六十五センチくらいだろうか。

「キスはね、思わせぶりにするの。押しつけるのではなく。唇を押しつけたら、離すの。物足りないと相手に思わせるようにすれば、相手はもっとほしくなるから」

瞳を閉じた響子が、唇を寄せてきた。

(すっごい美人だ……こんな人と俺がキスしてる……)

改めて見ると、響子はこんな田舎町で出会うようなタイプではないと思った。都会の雑踏を歩いていたら、道行く人がふり返る、そんな美女だ。

孝史がもし憧れたとしても、報われぬ愛で終わるのが目に見えている。

そんな美女とキスできるなんて、なんという幸運なのだろうか。

(ふられてつらいはずなのに……吹っ飛んじゃったな)

思わぬ成り行きに、孝史自身も驚いていた。

「キスのときは、目を閉じて……」

視線を感じたのか、響子が囁く。

孝史はギュッと目をつぶった。

響子の柔らかい唇がふたたび触れる。心音が跳ねあがる。股間に力がみなぎる。

孝史はたまらずに響子の細い腰に手を添えていた。

（もっと深くキスを……）

そう思ったとたん、唇がはずされる。

また軽いキス。あまい口づけなのに、物足りなくて、胸が苦しくなる。

孝史は自分から響子に口づけようとするが、響子が顔を左右にふって、口づけをさせてくれない。だから、目に、鼻に、頬に、唇の雨を降らせた。

「そう、そうよ……キスをやめないで」

響子の声がうっとりしたものに変わり、唇をさし出す。

焦らしながら、響子も昂《たかぶ》っていたのだ。

孝史はゆっくりと、響子とキスを交わした。唇が湿るほど長く合わせたあとで、自然と口が開いた。そして、舌が触れ合う。

舌は互いの唇の中に吸いこまれ、もつれ合った。

（頭が痺《しび》れる……）

柔らかく、濡れた舌が孝史の舌にからむ。響子の動きに合わせて舌をめぐらせた。

腰にまわしていた手を背中にあげ、響子をギュッと抱きしめる。

響子も孝史の背に手をまわし、抱きついている。

（おおお……おっぱいだ）

胸にあたる、ふわふわしたまるい感触。孝史の背筋を官能の痺れが走った。

満員電車のなか、急停車により女性の胸が背中にあたったことはあった。しかし、アクシデントではなく、互いの合意の上で胸を押しあてられたことはない。

現実の女性の胸は、孝史が妄想していたよりも柔らかかった。マシュマロとたとえられるのも納得の感触だ。服越しに触れても、体温を感じる。

双乳のぬくもりを意識したとたん、孝史は猛烈に触りたくなった。

「響子さん」

孝史は名残惜しく思いながら、唇を離した。

「どうしたの」

濡れた瞳が、孝史を見あげている。

その黒い瞳に映る孝史の顔は、欲望でこわばっていた。

「胸……触っていいですか」

「……ふふ。かわいい。もちろん、いいわよ」

「あ、ありがとうございますっ」

「相手を大事にしてるって伝わる……いいエッチ。エッチでいちばん大切なことは、相手のことを思うこと。それを忘れちゃダメよ。セックスはお互いに気持ちよくなるためのものなのだから」

孝史の頬にキスをした。

「あと、ひとつ教えておくわね。女性に触れるときは、小鳥に触るように、優しく力を入れずに触るのよ。小鳥、触ったことがある？」

小学校のとき、友人の家で飼っていた文鳥と遊んだ記憶がよみがえった。孝史が慣れると、文鳥は孝史の腕の中で気持ちよさそうに目を閉じた。孝史は、文鳥の頭をなでながら愛らしく思った。それと同時に、手のひらから伝わるかすかな鼓動と、呼吸の際に少しふくらむ体の頼りなさとかよわさが怖くもあった。

「わかりました、小鳥のようにですね」

ガクガクと首を縦にふった。

それがおかしいのか、響子が笑った。

「脱がせるの、苦手でしょ」

響子がブラウスとタイトスカートを脱いだ。

ベージュのブラジャーに、揃《そろ》いのショーツだけになる。

透けにくい色の一見地味な上下の下着だが、ただのベージュではなかった。金色の糸が縫いこまれており、地味なベージュながら、糸でグラデーションをつけてブラジャーのカップやショーツに細やかな花模様を描いている。

（おお……すごいボリュームだ）

孝史の目は、繊細なデコレーションのブラジャーと、その上で盛りあがる、白く柔らかな肌と豊乳に釘づけになった。

響子が歩くだけで、ブラジャーの上に出た半乳がふわふわ揺れる。フロアライトの明かりでついた陰影が、胸の谷間を蠱惑《こわく》的に見せていた。

「来て……」

響子が孝史に手を伸ばす。孝史は響子を抱きしめ、じっくりキスをした。そのまま、ふたりはベッドにもつれこんだ。

仰向けになって孝史に抱きしめられる響子の胸が、孝史の胸にあたる。

鼓動が高鳴り、ドクドクと耳の奥で鳴り響く。

レコードは終わっていた。回転しつづけるレコードプレーヤーが、ポッポッッと音を放つ。だが、ふたりともそのことを気にする余裕はなかった。

孝史が、ブラジャーの上から両乳をじっくりもんだ。

「あんっ……」

響子が声を漏らした。小鳥を扱うように優しく。力をこめすぎずに。

それを肝に銘じながら、指を動かす。ゆっくり上へともんでいったら、次はブラジャー越しにもわかる突起をくすぐった。

(乳首だ……っ)

人生、初乳首。家族以外の乳首は、はじめてだ。

動画で、漫画で、映画で、たくさん見た。

しかし、本物の肉感とぬくもりは、初体験の孝史を狂わせた。

コリッとしたものに触れたとたん、孝史はたまらなくなって、ブラジャーをずり下ろし、白く大きな乳房の頂《いただき》にある乳首に吸いついた。

(うおおお……乳首を、吸ってる)

女性の乳首は、男性のものより大きく存在感がある。

ここが、体のほかの部分のように、舌触りがなめらかであればこれほど興奮しないだろう。体のほかの部位にはない皺《しわ》と質感が、吸うように要求していた。

乳房を吸うと夢中になってしまうのは、人間のDNAに組みこまれているのだろうか。

まるで赤ちゃんじゃないか。

孝史は頭の片隅でそう思いながら強く吸っていた。

右を吸ったら、左、左を吸ったら右。

飽きない。吸っているだけなのに、頭が歓喜で痺れている。

乳頭を吸っているだけなのに、快楽で脳内が満たされる。

「んん、そこ、集中して吸われるとっ、はうっ」

気づけば、響子は汗ばんでいた。汗と香水の匂いに混じって、潮のような香りがした。

長い指が孝史のあごをうわむけた。

「そう、優しくするの。それが女の体の触り方……おっぱいは合格。次は……」

――オマ×コ。

響子のような美女から囁かれたとたん、デニムの中でみなぎっていたペニスがさらに大きくふくらんだ。言葉にされると、こんなにも卑猥《ひわい》なのかと改めて思う。

「苦しそうだから、わたしが楽にしてあげる」

響子が孝史のジッパーを下ろした。欲望でふくらんだ孝史の股間は、ジェットコースターのレールのように大きな起伏がついていた。デニムのボタンがはずされ、ジッパーがおりきると、そこから先走りで濡れたトランクスがまろび出た。

「大きくなって、苦しかったでしょう」

「はい……」

孝史はかすれ声で答えた。デニムの中にペニスが押しこまれていたときは、痛さと興奮が相まっていたが、いまは解放感でいっぱいだ。

しかも、解放をもたらしたのが響子の手、というのが童貞の孝史を昂らせる。

「孝史くんがわたしのアソコを触って……わたしが、あなたのアソコを触るから」

「あ、あの……アソコを触るのも、はじめてなんです」

「わかってる。リードするから大丈夫よ」

響子は孝史の左隣に移り、左足を立てた。孝史の右手をとって、己の股間に導く。

股間から、むわっと湿度の高い匂いが押しよせる。

(これがアソコの匂いなのか)

いままで嗅いだことのない体臭だが、これが淫靡《いんび》なものだとはすぐにわかった。

潮のような香りに、かすかにヨーグルトのようなものも混ざっている。呼吸するたびにこの香りが鼻腔《びこう》を通り、本能を刺激する。

響子は孝史のデニムを脱がせ、下着一枚にした。

「最初は見ないで触ってみて……」

響子がショーツに孝史の右手を導く。孝史は、うながされるまま手のひらを恥骨の上に置いた。恥毛は薄いのか、布越しにふくらみを感じない。わかるのは、そこもまた柔らかい肉で包まれていることだ。

「触り方はおっぱいと同じよ。優しくね」

孝史は響子のショーツをなでまわした。恥骨のあたりにも細かな刺繍《ししゅう》があり、指をそのまま下へ動かすと、女性器のあたりに行く。

（あっ……）

そこの布は湿っていた。おねしょをしたように濡れている。

孝史が響子を驚いて見ると、妖しく微笑んだ。

これが愛液よ、と言いたげに——。

その表情を見て、孝史は息を呑んだ。いま、指先で味わっている感触もいやらしいが、それ以上に響子の瞳のほうが孝史の心をかきたてた。

「触りますよ」

いちおう許可をとらなければならない気がして、つい口にしてしまう。

もう必要ないと言われていても、こんなに壊れやすくて脆《もろ》そうな体を、許しなく触るのは失礼な気がしたのだ。

「律儀ね。だったら、わたしも言うわね。あなたのオチ×ポ、触るわ」

耳もとで囁かれ、孝史はウッとうめいた。

吐息が耳を、そして鼓膜をくすぐり、言葉で脳髄が愛撫《あいぶ》された。

女性が孝史に向けて放ったオチ×ポ、という言葉にはそれほどのインパクトがあった。男女交際に慣れていて、何度も女性と寝たことのある者ならいざ知らず、女性に告白してはふられ、フーゾクに行く勇気もなく、いままで来た孝史のような男にとって、響子の行動ひとつひとつが大きな意味を持っていた。

(理想の初体験なのでは……)

孝史が中学から思い描いてきた理想の初体験は、
一、カノジョと
二、経験豊富なお姉さんと
の2パターンだ。

姉の少女漫画を小学校のころからこっそり読んでいた孝史にとって、初体験とは彼女とするもので——少女漫画にそういうシーンはないが、キスシーンがあるので、それ以上の行為をするのも、とうぜん恋人となのだ、と孝史は考えていた——それ以外があるとしたら、理想はきれいなお姉さんにリードされる、というシチュエーションだ。

それはエッチな漫画だったり、動画だったりでそんなものをよく見ていたからでもある。そういうものをよく見るということは、つまりはそういうシチュエーション愛好家なのだ。

と、理想について思いを馳せたとたん、細い指でペニスをくるまれた。

「ほおぉ……」

サウナから水風呂に入ったおっさんのようなため息を漏らしてしまった。出すつもりはなかったのに、自然に出た。

女性の手で男根を包まれるのは、サウナで整うよりも気持ちがいい。

あたりまえだが、そのあたりまえを童貞の孝史は知らなかったのだ。

初体験とは、自分が予想していたことを覆されたり、イメージしていたことを再確認する行為なのだろう。

体験しながら、経験する前のイメージとの違いを修正していく。

そして、記憶していくのだ。

「ねえ……お留守になってる……」

響子に促され、自分が受け身になっていることに気づく。

孝史は、下着の濡れたところ——きっと、オマ×コがあるところだろう——に、指を這《は》わせた。

（優しくくすぐるんだ、弱い力で）

それを頭の隅に置きながら、指を上下させた。最近の漫画や動画は修正が緻密にされているので、女性器が白く消されていても、どういう形かはわかるようになっていた。

そのイメージと指先の感覚を重ね合わせる。いま、孝史がなでているのは淫裂のはずだ。つまり、女芯と尿道口と膣口と、肛門をつないだラインをなでている。

指でくすぐるだけで、ショーツは湿り、香りが濃くなった。

女性器を布越しになでる感触に没頭したいが、己の股間から押しよせる怒濤《どとう》の快感に、孝史は圧倒されていた。

「き、気持ち、いいですっ」

響子は輪にした五本の指でペニスをくるみ、上下に動かしていた。

自慰のときにも同じ動きをしているはずなのに、響子の手にかかると桁違いの愉悦だ。まさに魔法だ。

白い手が上下するたびに背すじを快感が走り、呼吸が荒くなってくる。

「んっ、んんっ、元気っ。お汁をいっぱい出して、エッチなオチ×チン」

響子が囁いたあとで、孝史の耳を口に含んだ。

先走り汁が亀頭からあふれ、響子の手を濡らしていた。そのグチュグチュという音の卑猥さ、そして耳への愛撫で、孝史は限界を迎えた。

「あうっ、もう、無理です。で、出ますっ」

快感をこらえられなくなったペニスは、ピュピュッと音を立てて、欲望を解き放った。

(気持ちいいのに……ダサくて、かっこ悪い)

本格的に愛撫される前に、出してしまった。四肢の先まで快感で体は歓喜しているのだが、孝史自身は恥ずかしさのあまり、布団をかぶって顔を隠したくなった。

「あ、あああっ、すいませんっ、我慢できなくて……ああ、ああっ……」

謝りつづける孝史だったが、その間も射精は続いていた。間歇泉《かんけつせん》のように間を置きながら白濁が飛び散り、臍《へそ》のあたりとベッドを濡らす。

「いいのよ。感度がいいなら、セックスしたら、もっと感じられるでしょう」

チュッと頬にキスが落とされる。

よくできました、のキスだろうか。

「じゃあ、今度はあなたの番。わたしのアソコに触って」

響子がショーツを自ら脱ぎ捨て、孝史の手を導いた。

指に恥毛が触れた。濡れている。指に恥丘が触れた。そこも濡れている。

(感じてるんだ、響子さんも)

自分の拙い愛撫にも、響子が応えてくれたのがうれしかった。

孝史は淫裂に中指をあてがった。愛液は、ローションとオイルの中間くらいのなめらかさで、肌と指との摩擦を軽くする。おかげですると指が進み、縦スジの間を滑った。

「あんっ……そこっ」

指が秘所にある突起に触れたとき、響子が太股《ふともも》を震わせた。さっき射精した孝史に見せた態度とは逆の、余裕のない声だった。

(あ、これもしかしてクリトリスなのか)

漫画や動画であれば、しつこいぐらいにそこをなでてイカせていた。

本能が——というか、童貞の好奇心が、そして二十六年間むなしく蓄えつづけたエロ知識が、指をせっせと動かせと囁く。

しかし、孝史は響子に優しく触るようにと釘《くぎ》を刺されている。

(童貞の俺を導いてくれている響子さんの言うとおりにしないと)

孝史は秘所を、触れるか触れないかくらいの力でくすぐりつづけた。

響子が乱れはじめた。首すじにうっすら汗が浮き、唇からはあえぎ声をあげている。

男を誘うように、股が開く。とたんに、女のアロマが濃くなった。

官能的な香りが鼻から脳天を突き抜け、孝史のペニスがまたエレクトする。

「んっ、んん、そう、そこ、もっと、もっと触って……」

もっと、と言われたが、孝史は初心者だけに経験者の指導を忠実に守っていた。壊れやすいものに触れるように、力を入れすぎず、そして何度も……。

正直、骨の折れる作業だ。力を入れるよりも、入れないほうが難しい。

「はん……んっ……ほどける……」

響子が枕をつかんで、顔を左右にふっていた。

大きく開いた秘裂では、女芯が硬くなっていた。それに対して、その下の淫花はビラビラがほぐれてひろがっているようだ。

「指、挿《い》れて……一本でいいからぁ……」

濡れた瞳をこちらに向けて、響子が訴える。

（一本の場合は、何指を挿れたらいいんだ）

動画では、こういうときは中指を挿入していた。孝史はクリトリスのあたりに指をあてがうが、膣口がどこなのか、実はまだわかっていない。

そのために、指先で女芯や淫花をくすぐりつづけてしまう。

「じ、焦らさないで、挿れて」

響子が孝史の手をつかんで、膣口に指先があたるように導いた。

(うお……火傷《やけど》しそうなほど熱い)

指先が膣に入った。

(狭い……こんな狭いなんて……)

指一本でも、目いっぱいに感じるほど四方から肉が迫ってくる。ここに、自分のペニスが挿入できるのだろうか。孝史が不安を覚えるほどの狭さだった。

「ここでいいんですか」

「うん、いい……動かして、少しずつ」

孝史は、響子の教えのとおり、指をゆっくりと奥に挿れた。

第一関節、第二関節……。

じわじわと指を進めていくと、響子がため息を漏らす。

「奥まで入ったら、今度は抜いて……」

鼻にかかった声になっていた。あまえるような声を大人の女性が出していることに、孝史は興奮する。

教えのとおり、ゆっくり抜き出すと、指のつけ根から手の甲まで、キラキラ光る愛液で濡れていく。

シーツには、響子が漏らした愛液で大きなシミができていた。

「初々しい愛撫が気持ちいいっ……ああんっ、ほしくなっちゃう、オチ×チンが」

響子の赤い唇から、ため息とともに願望が漏れた。

「どうすればいいか教えてください。挿れ方もわからないから」

「本当にかわいい」

身を乗り出して、響子が孝史にキスをした。チュッチュという軽いキスが、すぐに湿った音を立てる深いキスに変わる。

気づけば、響子と孝史の位置が変わっていた。孝史がベッドの上に横たわり、響子が孝史の股間を跨《また》いで中腰になっている。

「はじめてなら、見ながらのほうがいいでしょ」

響子が膝を左右に大きく開いた。

白い肌と、柔らかい太股。そして、太股の奥に開花する絢爛《けんらん》たる秘花。

縦スジの上に薄くIの字に整えられた陰毛があり、その下は無毛だ。淫花を遮るものはなにもない。無毛の土手肉や、その間で咲く粘膜の淫花は、愛液がかかり、膜がかかったように光っていた。

「すごくエッチな眺めだ……」

明かりはダイニングのフロアライトだけなので、その隣の部屋を照らすには光量が足りない。薄明かりだからか、響子の秘花を――女性器をはじめて目《ま》のあたりにした衝撃が和らいだ。明るいところで見たならば、刺激が強すぎてまた射精してしまっただろう。

「まだまだエッチな眺めは続くのよ。じっくり見てね」

響子が余裕たっぷりに微笑む。しかし、額や首すじ、そして胸の谷間には汗が浮いていた。

彼女も欲情しているのだ。

白い指がペニスの根元をつかんだ。垂直になった傘肉へ、陰門が近づいてくる。

孝史が唾を飲む音が響いた。男根の先には、渇望の先走りがにじんでいる。

淫花が亀頭に触れた。

「うおっ……」

思わず叫んでしまった。

唇以上に濡れていて、熱く狭いその感触。先ほど指で味わったはずなのに、性感帯である亀頭をくるまれると、未知の快感が押しよせてくる。

「まだ、出しちゃダメよ。我慢できるわよね」

長い足をM字にしてかがむ響子が諭すように言った。

「が、がんばります」

そう言いながら、奥歯を嚙《か》んでいた。

絶世の美女が、しかもボリュームあるバストにくびれたウエスト、たわわなヒップの持ち主が、秘所を見せつけながら、孝史とつながろうとしているのだ。

この眺めでも、一カ月は楽勝でオナニーのネタに困らない。

刺激されているのは、視覚だけではない。

吐息、淫らな女体のアロマ、肌のぬくもりと、なめらかな感触、そして愛液の熱とぬめり。極めつけは膣肉の締めつけだ——孝史の五感が響子に圧倒されている。

これだけの情報、快感をペニスと脳髄で処理するなんて無理だ。

パンクする。この場合、パンクとは射精を意味する。

(仕事のことを考えて気をそらそう。来週の見積りは、ええっと……)

と、どうにか、やり過ごそうとする。

だが、肉傘が淫花にくるまれ、カリ首を陰唇がくわえると、我慢のためのよけいな考えは吹き飛んだ。

「ああ、ああ……」

すごい。なんだ、これは。

意識のすべてを持っていかれた。

女性の中は広くて深くて、気持ちよくて、あたたかい。包まれているのはペニスだけなのに、全身を女性器にくるまれたような、そんな感じだ。

呑みこまれていく。男根の半ばまで、陰唇がくるんでいる。

女体が放つ、本能のアロマが鼻孔から入ると、脳はさらに興奮した。

孝史は思わず目を閉じてしまった。

圧倒的な快感を処理しきれなくなっていた。

(でも、見ていたい……エッチな姿を)

肩で息をしながら、ゆっくりと目を開く。

「うわっ……え、エッチだ……」

飛びこんできたのは、淫唇が赤黒い男根を根元までくわえている光景だった。

響子と孝史の陰毛は愛液で濡れているため、さらにいやらしく見える。

響子はM字開脚したまま手を孝史の膝のほうに置き、結合部を見せつけていた。

上半身をのけぞらせているが、勃起したペニスに痛みが走らないように気を遣っているようだ。なので、孝史は性器から走る愉悦と、淫靡な眺めを堪能《たんのう》できている。

「童貞卒業、おめでとう」

卑猥なポーズのまま、響子が笑みを見せた。

「あ、ありがとうございます」

孝史は奥歯を食いしばっているので、ちょっとくぐもった声になっている。

「わたしがもらっちゃってよかったのかな」

「最高です……文句なんてないです」

「よかった。じゃ、動くね」

響子が腰を上に浮かせると、薔薇《ばら》肉に呑みこまれていたペニスの根元が顔を出す。しっかり結合していた証《あかし》に、根元までが愛液に塗れ、光っていた。

粘膜と性感帯が擦《こす》る快感に、先走りがどっと出る。

心地よい締まり具合に、潤んだ蜜壺《みつつぼ》の感触、そして響子の快感を告げる大量の愛液と、それにともなう女体のアロマが、孝史の感覚すべてを刺激する。

(中は狭いけど、ヒダヒダみたいなのがあって、これもたまらない……)

動画や漫画では、男性は女性に何度も抜き挿ししているが、そんなことが可能とはとても思えない。

あごが震えるほど奥歯を噛みしめ、シーツを握って快感を逃がそうとする。そうしなければ、いますぐにでも出してしまいそうだ。

「んん、硬い……うん、うんっ、あんんっ」

響子が上下動のピッチをあげた。深く結合すると、亀頭の先に、ふわっとしたものがあたる。それがなんなのかわからないが、あたるたびに響子は快感を覚えるようだ。

「奥に、子宮口にあたるのっ」

美貌が汗ばみ、目をせつなげに細めている。

(じゃあ、いま先っぽにあたったのが子宮口)

漫画や動画で得た知識によれば、感じると子宮はおりるという。

ということは——。

響子は孝史とのセックスで感じているのだ。

歓喜が心を満たす。はじめてなので、感じさせることなど不可能だと思っていた。

しかし、目の前では経験豊富そうな響子が腰をしきりにふり、結合部から愛液を散らしながらあえいでいる。

響子の乱れる姿を目のあたりにして、孝史は我慢できなくなった。

自然と腰が上下に動きはじめる。

「あん、ん、動くのっ？　あ、あああっ」

汗まみれの乳房が、孝史の突きを受けてブルンと揺れた。香水の匂いをふりまきながら、響子が尻を震わせる。

「んんっ、いい、いいっ」

頬を上気させた響子が、上半身を孝史に預けてきた。

ふわふわの乳房が孝史の胸にあたり、腰が動くたびに揺れる。

体位が変わり、一体感が増す。それと比例して、快感も増した。

「すごいっ。いいピストンなのっ」

本能のままに腰を動かしているのだが、響子が上になっているので、重さのためにさほど強くなっていない。それが響子を感じさせているようだ。

「いい、好き、このオチ×ポ好きっ」

響子があまい息を吐きながら、孝史の欲望を秘所で受けた。

襞《ひだ》がペニスにからまり、ギュンギュン締めつける。

「ああ、もう、俺……」

陰嚢《いんのう》があがり、亀頭がヒクつく。息苦しいほどの射精欲に孝史は駆られていた。

「いいわ。いいの、来て……ああ、いいっ。わたしもイキそうっ」

響子の腰がグラインドし、孝史を絶頂に導く。

つなぎ目から出る、いやらしい水音を聞きながら、孝史の頭はカッと熱くなった。

「いい……イク、出ますっ」

「わたしも……イクっ」

ドクッ、ドクドクッ！

一度出したばかりなのに、二度目の射精でも、たっぷりと白濁は出た。

「ん、んふっ、ふうっ」

蜜壺で孝史の樹液を受けとめながら、熟女の白い尻がヒクヒクと震えた。

すべてを受けとめた響子が孝史の上からおりる。

「よかったよ、孝史くん」

顔が近づき、孝史と舌をからめる淫靡なキスをした。

「俺も天国にいるみたいでした」

唾液をたっぷり交換したあと、孝史は響子を見つめた。

（女神だ……童貞を受け入れて、優しくリードしてくれて……）

響子の頬に手をあてる。

整った輪郭にすっとした鼻すじ。そして、憂いと優しさを帯びた大きなアーモンド形の目。自分が一夜をともにするには、すぎた女性だと改めて思う。

「体の相性がいいのかもね」

響子の声が遠くに聞こえた。

あまく危険な香りのする大人の女性と一夜をともにできた幸運を嚙みしめながら、孝史は二度の射精のけだるさに負けて、そのまま眠ってしまった。

第二章　君に胸キュン

1

「響子さん、俺の先生になってください。だったらいいですよね」

喫茶人魚《マーメイド》のカウンターで、孝史は響子に切り出した。

人魚は汐磯町の駅近くにある喫茶店だ。グルメサイトでの評価は星四つ。レビューの数は百以上の人気店だ。土日のランチタイムはスナック来音から助っ人を借りるほど忙しいが、平日はパートの女性と、響子のふたりで切りもりしている。

人魚は八〇年代にできた喫茶店だった。駅近くという場所のよさで、昔は近隣住民の憩いの場だったが、最近は昭和レトロ喫茶のメニューと雰囲気がそのまま残っていることで、若者たちも遠方から来るようになっていた。

響子は人魚の二代目店長だ。オーナーは先代のままで、二年前にこの汐磯町にやってきた響子が雇われ店長として働いている。オーナーは店には顔を出さず、畑で商店街の店に卸す野菜を作っているらしい。

人魚では、オーナーが栽培した野菜を使ったサラダやパスタも人気だが、看板メニューはスパゲティグラタンだ。

手作りのミートソースをスパゲティにかけ、それをホワイトソースを敷いたグラタン皿に入れ、またホワイトソースかけて、チーズをまぶしてこんがり焼いている。提供まで時間がかかっても、待つかいのあるメニューとして人気だった。

孝史は、今日も人魚のスパゲティグラタンランチを食べた。休みの日ごとにここに通って、同じメニューを注文している。

響子が、孝史の前にある空になったグラタン皿を下げ、代わりに食後のコーヒーを置いた。

「どうして」

「それはその……やはり、いい男になってふり向かせたいからですよ」

あまい一夜のあと、孝史は響子に交際を申しこんだ。

このまま、恋人になるのはどうか、と。

だが、響子は笑って顔をふった。

――失恋してすぐにほかの女がよく見えるのはよくある話よ。エッチしたから、あなたは恋をしたと勘違いしただけ。気の迷いだから。

と、軽く流された。

心の距離を計りかねたのだろうか。だが、ベッドをともにした翌朝、響子を見たときに孝史の心は疼《うず》いた。胸からキュンと音が鳴った。

いまも、カウンター越しに響子を眺めているとせつなくなる。黒木花に片思いしていたときよりも、一夜をともにして距離が近づいただけに、胸の高鳴りは大きい。しつこくしたらストーカーのようだし、かといって、このまま客と店長の関係になるのはもっとつらい。

失恋を忘れるための一夜の恋が、罪作りな一夜となり、また片思いのはじまりになるとは。

そこで、孝史が響子に近づく方法として考えたのが――恋愛のプライベート・レッスンだ。

「そうねえ。来音でのあの様子を見ればほっておけないかな」

響子がカウンターに肘を乗せた。

今日も白いブラウスに、デニムのタイトスカート、それに店名がプリントされた黒のエプロンを着けている。

孝史はそれとなく響子を見た。ブラウスのボタンは三つ目まで開けられているので、胸の谷間がちらっと見える。エプロンがなければ、その奥までのぞけそうだ。この、のぞけそうでのぞけないのが、孝史や男性常連客の心をかきたてる。

土日は観光客がメインだが、平日は響子ファンの地元男性客や、ランチを食べに来た地元女性客でほぼ満席になる。普通なら、響子ファンの地元男性客を見て女性客が嫉妬しそうなものだが、響子が軽く流している様子から、女性客と響子の間には、男ってしょうがないわね、という連帯感がある。それゆえ、常連客の男女比率は五割ずつと同率だ。

いまは、常連客のランチタイムが終わり、店内には響子と孝史だけだ。

パートの小寺《こでら》さんは夫が漁師で、ランチタイムだけパートに来ている。いまは、店の奥でキッチンを片づけていた。

「あなたがいい男になったとして、わたしはなにをもらえるの。なにかをお願いするなら、対価が必要でしょう」

響子が孝史の目をのぞきこむ。

本当は気があるんじゃないの、と読まれているような目だ。

「もちろん対価は払いますよ、体で」

響子が口の端をあげた。

「体？」

男ってこれだから――そんなふうに思われている気がした。

「ち、違います。誤解しないでください。体っていうのは、労働で払うってことです。俺はビルメンテナンス会社の営業しているんですが、現場にも出るんです。だから、清掃やワックスがけをいつもしていて。私用だと会社の機械は使えませんが、技術でカバーします。ふだんの掃除で手が届かないところも、ピカピカにしますよ」

孝史は午後休をとって、人魚に来ていた。土日にも何度か訪れたが、ゆっくり話す機会は持てず、ようやく話せても短い時間だけ。だから、今日は平日に来たのだ。背広から名刺入れを出して、中の名刺を響子に手渡した。

「ふーん。エリアマネージャーねえ。ワックスがけはありがたいな」

響子が視線を名刺に落としてから、また孝史に戻した。

そして、耳もとで囁いた。

「孝史くんとの体の相性は悪くないから、エッチの面倒も見てあげる。そっちも慣れが必要でしょ。これは特別なプライベート・レッスン。わたしとあなたの秘密よ」

孝史は驚いて顔をあげた。

その瞳に吸いこまれてしまいたいと思うほど、魅力的な響子の目がこちらを見ている。

「それは、もしかして、俺と……」

「勘違いはダメよ。わたしもちょうど寂しかったから、相手がほしかっただけ。あなたの恋人にはならないから、そこはわかってね」

体の関係を持てることを喜びつつ、恋人にはならない宣言に孝史は肩を落とした。

(そうだよな。これでも上出来だ)

一夜をともにした女性が、愛されたと誤解してしまうパターンを聞いたことがあったが、まさか自分がそのパターンに陥るとは思わなかった。

はじめての相手だからなのか、響子が美しいからなのか、しぐさも気配りも行き届いていて、いっしょにいて心地よいからなのか、理由はわからない。

とにかく、孝史は恋に落ちていた。

なのに——。

（レッスンでセックスができるんだ。ラッキーじゃないか）

自分の幸運を嚙みしめ、孝史は微笑もうとした。でも、笑えない。

孝史の複雑な胸中をよそに、響子は口を開いた。

「じゃあ、まずは外見から磨きましょうか」

2

翌週、孝史は銀座《ぎんざ》の雑踏を、バー門来のマスターである玉置《たまき》とともに歩いていた。

マスターが運転するフィアットで、銀座までやってきたのだ。

孝史はポロシャツにスラックス、マスターはワイシャツにジャケット、スラックスとシックなスタイルだ。背が百八十以上あり、堂々とした体格に背すじのピンと伸びたマスターは行く人々の目を惹《ひ》いた。

「店でオーダーするなんて、はじめてですよ」

「松本様のようにジャケットをお脱ぎになることが多いのであれば、フィットしたシャツを仕立てるのがいちばんかと。目につきますからね」

玉置がいつもシャツを仕立てている店で、オーダーメイドのワイシャツを五枚作ったのだ。手もとに届くのは二週間後だという。ボーナスが飛ぶけれど、一枚二千円程度のワイシャツとは生地もフィット感も違う。店で孝史の体に合いそうな既製品を身につけただけで、男ぶりが少しあがったように思えた。

「髪もさっぱりしました」

孝史は櫛を入れられ、整えられた頭に手をやった。

こちらも玉置紹介の店だ。

これは玉置が常連客からおすすめの店を聞いてきたらしい。

「地元にもいいバーバーはありますが、まずは一流の雰囲気を松本様に身につけてほしいとの指示でしたので」

床屋のことをバーバーというのも玉置らしい。クラシカルなものが好きなのかもしれない。

「さすが、響子さんだ」

玉置とともに銀座に来たのは、響子の指示による。

外見磨きの手伝いは、バーテンダーとして様々な客を見てきた玉置が頼まれた。響子が電話すると、玉置は快諾した。

「お休みの日に時間を割いてくれて、ありがとうございます」

「響子さんは人魚を継いでくれましたし、先代にはみんな助けられているんですよ。そういえば、松本様がお住まいのアパートも、先代が大家では」

「人魚のオーナーって、三田《みた》さんだったんですか」

賃貸契約するときに、顔を合わせたのを思い出した。大家の三田さんは、中肉中背で、化粧っ気のないおばさんだ。

気さくな女性で、契約が終わったときに自分が作った米を二キロほどくれた。

「いまは放棄された農地をよみがえらせるのに熱心で。あの方のエネルギーで汐磯町の商店街は元気でいられるんですよ」

あまり表情を変えない玉置が、うっすら微笑んだように見えた。

「その三田さんが見こんだ響子さんの頼みであれば、商店街の仲間は手伝いますよ。松本様、お姿を見てみてください」

玉置に促されて、孝史はショーウインドーに映る自分を見た。

「眉の手入れで、雰囲気が変わるもんですね」

髪を少し短くして、重たくなっていた後頭部をすいて軽さを出したので、さっぱりとした印象になっている。髪だけでなく、眉毛も自然に整えた。下がりぎみだった眉の端を少しシェービングしただけで、キリッとした目もとになったように感じる。

「身だしなみを整えると、気持ちも整います。松本様、お顔が違いますよ。自信にあふれているように思います。あとは靴なのですが……」

「靴は、さすがに予算が……そこそこのやつを、見つくろいます」

靴にこだわりのあるマスターは残念そうな顔をしたが、一カ月分の給料がほとんど消える金額のものをおいそれとは買えない。

ただ、銀座の一流店で見つくろってもらったり、店員からサービスを受けると、量販店に行ったときと気分が違う。

「一流に触れるのは大事です。私が銀座にあえて来るのは、ここでしか手に入らないおつまみもあるからですが、靴やシャツの一流の店で店員やそこのお客様から、しぐさやふるまいを学ぶためでもあるのです」

考えたこともなかった。

「人が鏡を見て己の姿を直すように、一流に触れると、自然と己も一流に近づくものなのですよ」

「汐磯町からなら横浜のほうが近いけれど、銀座にしたのはそういう理由だったんですね。さすが、響子さん」

「あと、大事なのは清潔感です。爪の手入れも忘れないようにしてください」

玉置が孝史の爪を見ている。

(さすがバーのマスター、チェックが厳しい)

伸びかけた爪を隠して、孝史はうなずいた。

「次は……」

「私はこのあと、店で使うつまみを買いに行きますので、ここでバトンタッチといきましょう」

たしか、歌舞伎座《かぶきざ》のそばに有名な乾物屋があるという。そこでしか買えないつまみがあるという。

「バトンタッチ……というと」

「おっす」

袖がエメラルドブルーのド派手なスカジャンにタンクトップ、そしてショートパンツ姿のくるみが玉置の背後からやってきた。

銀座だというのに、口にはロリポップが入っており、唇から白い棒が出ている。

くるみは、大きなダッフルバッグを肩から提げていた。

「待ち合わせの時間どおりですね。さすが、くるみさん」

「これから、スパーだからさ。それは」

「スパー？」

「スパー。はいはい、行きますよお」

スパーとはなにか。わからないまま、くるみに手をとられて、孝史は引きずられるようにして歩いた。

「聞いたよ、キョンさんから」

「えっ」

一夜をともにした話だろうか。顔が赤くなってから、青くなる。

童貞を捨てたというか、捨てさせていただいた、あの話を。

「好きな子がいるんだって」

一夜の話ではなくて、胸をなで下ろしたいところだったが、また心臓が跳ねあがる。

響子に告白して、瞬殺された話をしたのだろうか。

「会社の女の子ねえ……同僚って面倒じゃない」

「あ、ああ。そっちね」

「そっちって、どっちよ」

響子とのことではなくて、ほっとしたのだが、そのせいで相づちが不自然になってしまった。くるみがジトっと孝史を見ている。

「いや、とにかく、そうなんだ。ひとつ年下の黒木花さんという人に、俺は片思いをしていて、この間、告白したんだけど、ふられたんだよ。そうなんだよ」

「それ、前も店で話してたじゃない。一回ふられたら、諦めて新しい子にいったほうがいいよ」

くるみのスマホが鳴った。画面で着信相手を確認すると、すぐに出た。

「いま？　いまはこれから、スパーあるから。うん。うん。仕事、終わったらいいよ。お店終わったら、すぐ帰るから。うん。家で待ってて」

通話が終わった。

「いまのは」

「ああ、カレシ。いまから遊べないかって連絡だったんだけど、今日は孝史っちと約束あるっしょ。いや、孝史っちっていうか、キョンさんのためかな。まあ、今日は先約があるから……」

また、スマホが鳴った。同じように画面を見て、くるみが出る。

「いま……うん、うん。寂しいの。うん、待ってて。スパーが終わったら、まっすぐ車飛ばして行くから。お店の前にちょっと会えるかも。それで、大丈夫。うん、わかってるって。うちも好きだから」

くるみがスマホをスカジャンのポケットにしまった。

「カレシさん、くるみさんのこと、すごく好きなんですね。さっき話したばかりなのに、すぐかけてきて」

「あ。いまの……いまのはカノジョ。こっちはさみしがり屋だから、ケアが大事で」

「え。カレシさんとカノジョさんがいるんですか」

「そ。キョンさんも狙ったんだけど、無理だったね」

カレシとカノジョがいて、そのうえ響子も狙っていたとは……。

「くるみさん、恋愛の達人ですか」

「いや、達人じゃないよ。うちはいい感じだな、って思ったら声かけに行くだけ」

「でも、カレシさんとカノジョさんって二股では」

「ふたりともお互いのこと知ってるからダイジョーブ」

「大丈夫なんだ……」

恋愛とは男女のものだと思いこんでいたが、よくよく考えると、性別にとらわれる必要はないのだ。本人たちが納得しているのなら、それでいいはずだ。

（って、ふたりも恋人がいるってすごいな……やっぱり達人では……）

立ちどまって考えていると、くるみは孝史を置いてすいすい歩いている。

小さな背中がさらに遠のく前に、孝史はあわてて追いついた。

くるみは百五十センチなかばで、小柄だが動作はすばやい。

人通りが多い歩道を、向こうから来る歩行者をよけながら早足で歩く。しかも、肩からは大きなダッフルバッグをかけているのに、すれ違う人にあたることもない。

（そういえば、スナック来音でも狭いお店の中で、誰にもぶつからず歩いていたような）

小柄ゆえの特技だろうか。百七十ちょっとの孝史とは身長差があるのだが、くるみはそれを感じさせないスピードだ。

「いい感じって勘はね、数をこなせばつくの。だけど、孝史っちが求めてるのは、数じゃなくて、この人って感じなんだよね」

「そうですね。どうしてもこの人って感じで」

「相手もフリーだったらワンチャンあるんじゃない。とにかく、大事なのは話を聞くこと」

くるみの瞳が孝史に向けられた。

「話……」

そういえば、響子との会話でも、花との会話でも、聞き役は彼女たちで、孝史が一方的に話していたような気がする。

沈黙が怖かったのだ。

花とのデートでは、本を読みながら、ときおり話しかけた。自分の存在をアピールするために。響子には、自分がどれだけ彼女を好きなのかだけ話した。

「うわっ」

自分の失敗を思い返して、頭を抱えたくなる。

「初心者あるあるだから、気にしないでよ。これから、これから。それに、テンション低いまま道場行ったら、たいへんだよ」

「道場……いま、道場って言いました」

「あれ、聞いてなかったの。キョンさんから鍛えてあげて、って言われたから、これから青山《あおやま》の道場に体験入学ね」

「道場って、なんの」

「ブラジリアン柔術」

くるみの体力、身のこなしの理由がわかった。格闘技のチェスと言われる体力と頭脳を駆使するブラジリアン柔術を習っているならそうなるだろう。

「子どももいる教室だから、安心して。うちはふだん地元でスパーしてるんだけど、腕がなまりそうだから、たまにここでスパーするんだ。孝史っちが慣れたら、うちが組んであげる。茶帯だから」

「茶……」

たしか、ブラジリアン柔術は最初の青帯になるのもたいへんだと聞いたことがある。その上の帯の取得者となると、かなりの格闘歴になるのでは。

地元では腕がなまると言うほどの腕前の女性と練習をする自信はない。

「そんな。くるみさんと組むなんて、畏れ多いです。体力作りは、ジョギングでいいです」

「泣き言が早いって！　まずは、体験入学してから泣き言いいなよ。さ、行くぞ、青山」

孝史が逃げられないように手をとると、くるみは地下鉄の駅へと引っぱった。

そのとき――。

孝史の視界に、笑顔で歩く黒木花が目に入った。

銀座でショッピングをしているようだ。

会社では見たことのない、ニットのワンピース姿に、しっかりとした化粧。

そして、その隣にいるのは、上司の久住だった。

3

「う、いてて」

太股が痛い。孝史はうめいた。

響子に呼び出されたのは、横浜のホテルのラウンジだった。

青山から電車で横浜まで出て、指定のホテルに来た。

ふだん仕事で体を動かすことが多いとはいえ、ブラジリアン柔術ともなると、動かす場所が違うのか、すでに筋肉痛だ。

体験入学というから、きつくないメニューだったらしいが、あちこちが痛い。

くるみが柔軟から指導してくれて助かった。青山の道場でも茶帯だと一目置かれるらしく、体をほぐしているときから、くるみは次から次へと声をかけられていた。そして、その声には敬意がこもっていた。

孝史が基本動作の指導を受けている間、くるみは同じく茶帯の女性とスパーリングをしていた。くるみの俊敏さ、体力、技巧に、孝史は驚いた。

(マスターにしても、くるみさんにしても、いろんな面があるんだな)

会社員になってから深いつきあいになった人はいなかった。同僚や上司と、会社帰りに飲み会に行っても、そのときはみんな会社員の顔のままだ。

汐磯町の門来で魔法のジンライムを飲んでから、生活がめまぐるしく変わった気がする。

(変わったのは、恋をしたからかな)

孝史は、ラウンジを見まわした。響子が先に待っているはずだ。

ラウンジの係員に待ち合わせと告げると、案内してくれた。

(えっ……)

響子がラウンジの奥にある猫足のソファに座って待っていた。

テーブルにはコーヒー。足はきれいに揃えて、斜めにして床につけている。

「お疲れ様。どうだった」

「あ、えっと、あの……」

言葉がうまく出てこない。

響子の髪型やドレス、化粧が、昼に見たものとはまるで違う。

髪は美容院でセットしたようで、耳まわりの髪を結って、顔の輪郭がよりよく見えるスタイルになっていた。

店では薄化粧だったのに、いまはしっかり化粧している。アイシャドーで陰影のついた目もとからは包容力とミステリアスさが漂っている。唇には控えめな赤色のリップが塗られていた。口紅のラインは迷いなく引かれており、響子をいつも以上にエレガントかつ知的に見せている。

肌は真珠のような光沢と艶があり、素肌のようでありながら、細やかに化粧されたものだとわかる。

なによりもグッとくるのは、そのドレスだ。アイボリーの半袖のワンピースで、盛りあがった胸を強調するように体にフィットしている。布地は総レースで、華やかだ。揃って斜めになった足下には、ベージュのハイヒール。

高級ホテルのラウンジだけに、美女を見慣れている客が多いはずだが、響子のそばに座る客はそれとなく視線を送っている。

響子は、このラウンジでいちばん輝いているといっても過言ではなかった。

「す、素敵です」

言葉がすぐに出てこないほど眩《まぶ》しい。

恋をしているせいもあるだろうが、響子は少し化粧をして、洋服を変えるだけで周囲の男を惹きつけるオーラがあった。

「ありがとう。女性を褒めるのは大事なことよ。あなたも見違えた。とっても素敵よ。ふたりとも、いいコーチだったみたいね」

そう言って、響子が立ちあがった。手にはクラッチバッグ。それを持つ指はきれいに揃い、様になっている。

「今日のしあげは、わたしが担当。ご飯はすませたのよね」

孝史の腕を響子がとった。孝史はうなずく。

胸が孝史の腕にあたり、喉から心臓が出そうになる。

ロビーの男たちの羨望の眼差しを浴びながら、部屋へ向かうエレベーターに乗った。

「しあげっていうと」

「ここでするしあげはひとつしかないでしょ」

エレベーターの中で、響子が孝史にルームキーを手渡した。

あの一夜の記憶がよみがえる。味わった快感と、響子のあまい口づけと、香りと感触を思い出して、心拍があがる。そして拍動で出された血流は、どんどん股間へと向かっていく。

「あ、あの、これって」

「今日は部屋にリードするところからレッスンよ」

キーに書いてある部屋番号を、エレベーターを出てすぐの表示板で確認する。

「まごつかないで、スマートにね」

部屋番号と、フロアマップを頭に入れて、孝史は歩き出した。

「早足にならない。ガツガツしているように思われるから。そうね、満腹のときに、ゆっくり歩く感じ。そんな感じで歩いてみて」

響子に指示されるまま、会社のそばの定食屋でご飯おかわりしたあとの自分をイメージする。たしかに、足の運びは遅くなった。

(だけど……部屋が近づくにつれて、股が痛い)

テントのようにはり出したスラックスの前が、歩くたびにパンツと擦れる。充血し、大きくなったために、窮屈に折り曲げられているのがきついと主張している。

「気持ちはわかるけど、背すじは伸ばしてね。堂々としていると、頼もしく思われるから」

「は、はい……」

痛みをこらえて背を伸ばす。

そうこうしているうちに、部屋についた。カードキーで解錠し、中に入る。

ドアわきのスロットにカードを挿しこむと、部屋の明かりがついた。

入ってすぐ右にはバスルームとトイレ。まっすぐ進むと、そこにはキングサイズのベッドがある。情事の予感に、股間がまた痛くなる。

孝史の苦しみを知ってか知らずか、響子は窓の前に置いてあるテーブルへと向かった。テーブルの上には、ワインクーラーに入ったボトルと、シャンパンフルートがふたつ置かれている。響子がそれにシャンパンを注いだ。

「おめでとう」

孝史に、シャンパンフルートをさし出す。

「部屋へのエスコートはわかったわね。次は、あなたが予約してみて。ホテルや部屋のチョイスも大事よ。場所は横浜だったらおまかせするから。あと、お金はかかるけど、部屋にこうして飲み物をあらかじめオーダーしておくのも、雰囲気作りになるわ。相手によるけれどね」

と、響子がシャンパンフルートを軽くあげた。乾杯の合図だ。

孝史もそれにならう。

昼間見た、黒木花のことを思い出す。久住とふたりきりで、楽しげに歩くふたり。会社の予定ではないのは間違いない。あれはデートだった。

花が誰と恋愛しようが、孝史には関係がない。ただ、孝史が花にあっさりふられた原因がわかった。外見も、業績も、人当たりのよさも久住にはかなわない。

「どうかしたの」

「いやその、片思いの相手が、上司とデートしているところ見ちゃって。まあ、見間違いかもしれないし、ふたりで買い物の用事が……やっぱり、あれはデートか……」

響子の目尻が下がった。

「それは……きついわね。じゃあ、諦める？」

ここで諦めると言ってしまえば、響子とのつながりが切れてしまう。

「諦めません」

「ストーカーみたいなまねはしないこと。ただ、あなたの魅力でふり向かせるの。その手助けなら、できるから」

響子がグラスの中身を飲みほした。孝史も、それに続く。

「うわ、シャンパンって、意外ときますね」

「飲んだこと、ないの」

「友達はまだ誰も結婚してないし、飲み会に行っても、ワインよりビールやチューハイが多いので」

「また勉強になって、よかったじゃない」

響子が微笑んだ。華のような微笑み。いま気がついたが、響子の体からは、あまく官能的な香りが漂っていた。

「響子さんって、不倫とかってわかりますか」

「うーん。過去のことは話したくないの。できるのは、いい男になる手助けだけ」

「は、はい……」

「ベッドでのふるまいを教えるのがわたしの担当。男性にとって、セックスは自信につながる。女性にとって、セックスは愛されている錯覚につながるものよ」

「錯覚……」

「最初は錯覚でもいいの。錯覚だったものが、回数を重ねるごとに確信に変わることがあるから。さ、実践に移りましょうか。ジッパー、下ろしてくれる？」

響子が背を向けた。ジッパーを下ろせばいいだけだと思っていたのだが、ジッパーの上に小さなホックがある。それをはずして、ようやくジッパーが下ろせた。

男性の服と女性の服がこうも違うのか、と改めて学ぶ。

「首が無防備になっているのに気がついたかしら。こんなときにキスをされたら、女はくらっとくるのよ。やってみて……」

響子に促され、孝史は慌てて首すじにキスを降らせた。

「そう、上手よ……」

ジッパーの開いたワンピースの肩に手を置き、左右に滑らせると、白磁のような肌に包まれた上半身がむき出しになった。

ウエストまでは順調におりたが、ヒップに引っかかってワンピースが落ちない。

「背中をなでながら、片手で脱がせてみて」

指示どおりに、指先で軽くなでた。壊れやすいものに触れるように優しく。

響子が、あん、と吐息を漏らした。

背中が敏感なようだ。孝史は指を上下に動かして肌をなでながら、ワンピースを腰から下ろしていく。横とうしろにはり出したたわなヒップを通り抜けると、ストンとワンピースが落ちた。

(おおお……)

声に出さなかったが、感動していた。

今日の下着は、オフホワイトをベースに、淡いピンク色で刺繍がされた上下だった。

金糸は前回より控えめだが、淡いピンクの糸の間に、少し濃いピンクでみぞおちから肩へのラインが描かれていて、シャープかつ色っぽいデザインだ。

そして、アクセントで使われている淡いピンクが響子の柔肌に合っていた。

「この間のブラジャーはハーフカップっていって、バストを下から支えて胸を大きく見せるものよ。今回のは、スリークォーターカップといって、胸の谷間をよく見せるためのデザインなの」

そうだった。ふたりは恋人どうしではない。

たとえて言うなら、師匠と弟子。

響子の美しさと女体を前に吹き飛んでいたが、解説されたことで、改めて自分たちの関係がそうなのだと思い知る。

「雰囲気が壊れちゃったかしら。でも、大丈夫。今日はまだ練習なんだから。経験を積めば、ガツガツしなくなるし、オチ×チンが苦しくても、少しは我慢がきくわ」

響子は、孝史の股間が限界に近いことを見抜いていたらしい。

「脱がせ方は、イメージトレーニング。下着のことは調べておくのよ。これは宿題」

そう言いながら、響子は孝史のベルトをはずしていた。

「は、はい」

額には我慢の汗が浮いていた。

「今日はすぐ寝ちゃダメよ。くるみちゃんにしごかれたみたいだけど」

ジッパーが下ろされ、ズボンが床に落ちる。

「しごかれたわりに、元気みたいでよかった」

体にフィットするボクサーショーツだからか、勃起の様子が恥ずかしいくらいによくわかる。はりきった肉傘が、ショーツの上にあるゴムから顔を出そうとしてる。

下半身はスラックスをはいたときにヒップのラインがきれいに見えるようにと、ボクサーショーツにするように言われていた。

「響子さんとのエッチがあるから、がんばれたんです」

「レッスン、楽しみにしてたのね。かわいいんだから」

響子が孝史の下着をおろした。自由を求めていた肉棒が、勢いよく布から飛び出す。

孝史は、ブラジリアン柔術の体験入学のあと、シャワーを浴びていた。道場備えつけのボディーソープの香りをまとったペニスは、切っ先から牡《おす》のアロマをあたりにふりまいた。

響子の服を脱がすだけで孝史は興奮していたため、カリ首まで先走りで濡れている。

「この間は、これ、してなかったわよね」

響子が口を開いて、亀頭を受け入れようとする。

孝史は慌ててあごをつかむと、うわむけた。

「どうしたの」

「フェラチオもうれしいですっ。でも俺、キスが好きで」

「フェラのあとのキスはいやかしら」

「セックスのはじまりは……キスがいいです。キスしていると、頭と体がフワフワして……すごく、気持ちいいんです」

「かわいいこと言うのね。いいわよ。来て」

響子が孝史の手をとって、ベッドに導いた。

「優しくしてみて……そして、自然にベッドに倒れこむの」

新しい課題だ。

いざ、やってみて、と言われると、とたんに緊張する。緊張でこわばりそうになる体から緊張を抜くために、息を吐く。ブラジリアン柔術のレッスン中、体の硬さをくるみに指摘されたとき、呼吸に注意するように言われたのを思い出した。

フッ、フッ、フーッと息を吐いたとたん、響子がクスッと笑う。

「息を吐いてリラックスするのはいいけど、音を出したらしらけちゃうかも」

「す、すいませんっ」

「でも、まじめでいいと思う。続けて」

響子のおかげでリラックスできた。本当は笑われないように、響子を驚かせるほど洗練されたしぐさで魅了したいのに、初心者の哀しみか、うまくいかない。

孝史は気をとりなおして、顔を近づけた。

ふたりの唇が重なる。スムーズに舌をからませ合うキスに移った。

響子の腰を抱く。素肌はなめらかで、肉づきがほどよい。触れた手から、歓喜が走る。ふたりの体が近づく。香水の匂いと、女体が放つアロマが鼻腔をくすぐる。

官能が脳を貫き、勃起がきつくなる。

「むっ……ちゅ……ん」

響子の口から、満足げなため息が漏れた。響子が舌をからめてきたら、孝史は動きをとめてなすがままになる。それから相手が物足りなさそうにすると、舌の動きを強め、緩急をつけて響子を刺激したのだ。

(キスで感じている……やった)

孝史は響子をベッドに横たえた。

そして上にのしかかり、キスをしながら乳房をもむ。力を入れすぎないことを念頭に、さわさわと優しく触れた。

「もっと……もっと強くして……」

響子が胸を突き出し、愛撫をせがむ。性急さを我慢するのは、孝史にとっても骨の折れることだったが、響子の教えどおりにしていてよかった。

（前にしたときより、響子さんが感じてる……）

ゆっくりした愛撫は、焦らす効果があるようだ。

響子はもっとほしいと言わんばかりに体をくねらせている。ブラジャーの上から乳房をもんでいた孝史は、背中に手をまわして、ホックをはずした。前回は乳首を舐《な》めたくてブラジャーをズリ下げてしまったが、そうするとブラが痛むとあとになって怒られたのだ。

ホックがはずれると、たわわな白いバストが自由になる。

トップにある、コーラルピンクの乳頭。それをとりまく直径三センチほどの乳輪。

響子は体の隅々まで均整がとれていた。この乳首と乳輪は、理想的な形と大きさだ。

孝史は匂うような肌に誘われるまま、乳首に口づけた。

「ん……あんっ……」

響子の体がヒクッとのけぞった。

孝史をリードしながら、感じるところでは、しっかり感じてくれる。響子の嘘《うそ》のない態度が、孝史の自信につながっていた。

片方の手で乳房をもみながら、もう片方の手を秘所へと伸ばしていく。

「キスはしたから……次は、舌のお口にキスして……」

せつなげに孝史を見あげながら、響子が囁いた。

（舌のお口にキス……クンニだ……）

動画や漫画などの各種情報に触れているので、女性器を舐める愛撫の仕方はわかっているつもりだ。前回は挿入しかしていないので、口でそこを味わうことができなかった。

孝史が頭を下げようとすると、響子がそれを手で制した。そして孝史と上下の位置を変え、自分が上になる。それから、今度は頭の位置を百八十度変えた。

つまり、孝史の上になった響子は、孝史のペニスに顔を近づけ、股間を孝史の顔に向けている。

いわゆる、シックスナインの体位だ。

「大きさも、硬さも、反りも、バッチリ。これでテクニックを磨けば、ベッドでは敵なしになれるわよ」

響子が、はむっとペニスをくわえた。

「おうっ……くううっ」

膣に挿入したときとは、明らかに違う感触だった。あたたかい口内に包まれたときは、一瞬、膣に似ていると思ったが、そこからが違った。

窄《すぼ》まった唇がカリ首を刺激しながら下におりていき、ペニスの根元を圧迫する。そして肉棒の根元を締めながら、舌を上下に動かして裏スジを舐めた。

四方を蜜肉で圧搾される膣の快感とは違う、技巧に満ちた快感だった。

経験豊富な響子は急所がどこか知りつくしているので、カリ首や裏スジ、そして敏感な尿道口に舌先をめぐらせてくる。

「く……おっ、おおっ、これじゃ、もう出しちゃいますっ」

孝史は早くも根をあげた。

「ダメよ。自分だけ気持ちよくなっていたら、目を開いて、なにをするか考えてみて。わかるでしょう」

響子がたわわなヒップを揺らし、濃密なアロマをふりまいた。

快感のために天井を見て歯を食いしばっていたが、響子に促されて頭をあげると、目の前には左右に開いた淫花が咲いている。中央の蕾《つぼみ》は興奮で屹立《きつりつ》し、愛撫を誘っている。孝史は膣口からあふれた白蜜に引きよせられるようにして、淫花に口づけた。

「あふっ……」

響子のヒップがダイナミックに震えた。ブルンと音を立てて左右に揺れ、蜜が孝史の顔に飛び散る。

孝史は、ヒップを逃がさないようにつかむと、鼻で、屹立した蕾をくすぐる。顔を左右にふって、そこに優しく刺激を与えた。

「く、うんっ……あんっ、じょ、上手よ……」

快感に震えながら、響子が孝史のペニスをまた口に含んだ。受け身になってしまうと行動に移れなくなるからか、響子の愛撫にも熱が入る。

鼻が蜜汁に塗れてから、孝史はこれ以上ないほど硬くなったクリトリスをそっと吸う。

どんなときも、ささやかに優しく触れることを忘れない。それは口での愛撫でも守っていた。

そっと吸い、そっと舐める。そっと息を吹きかけ、そっと舌をめぐらす。

動画や漫画では勢いよく激しくしていたが、それが演出なのだと、ようやくわかった。孝史自身も響子に優しく触れられることで快感を覚えているのと同様に、響子もささやかに触れられて、ささやかに舐められる愛撫で、とろ蜜をこぼして感じている。

(おお……アソコから、愛液がたくさん出てくる)

触れるか触れないかの愛撫を繰り返すだけで、女体は強く反応していた。

コーラルピンクだった女性器は興奮で色が濃くなり、淫花の中央、膣口のあたりは薔薇色に近くなっている。

孝史は、はじめて見る淫花をもっとじっくり観察したくなった。

手を土手肉のわきに置いて左右に引くと、淫花が口を開け――膣口までがまる見えになる。ココア色の窄まりが肛門、その下にあるのが陰唇だろう。

艶めかしく蜜汁で濡れ光った内股、触ってと誘うようにふくらんだクリトリス、そして蜜をトロトロこぼしつづける膣口。

アロマは濃くなるばかりで、ペニスに走るフェラチオの快感と相まって、孝史の官能を刺激しつづける。

「見てないで……舐めて……」

ペニスから口を離し、響子が恥ずかしそうに言った。

経験豊富そうなのに、グイグイと愛撫を要求しない控えめさが、男心をそそる。

「どこを舐めてほしいか言って……」

少し困らせたくなった。胸が苦しくなるほどの片思いをしている相手と、ベッドをともにしているけれど、まだ恋人としてセックスしているわけではないのだ。

自分のせつなさを、少しでも響子に味わってほしいし、彼女の口から卑語を聞いてみたいという気持ちもある。

「成長が早いのね……」

困ったように、ヒップを揺すぶる。太股から大きく盛りあがったヒップが、左右に揺れるだけで壮観だった。

孝史はふっと、息を淫花にかけた。催促するためだ。

「あうっ……あん、舐めて……わたしのオマ×コ、舐めてっ」

冷たい息を火照った淫花にかけられて、たまらなくなった響子は卑語を口に出した。

師匠が響子とすれば、孝史は弟子だが、快感を求めるあまり、一時的に上下関係が変わる。立場の変化は、孝史を昂らせた。

舌先をクリトリスにあてて、すばやく動かす。

このときも、舌を強く押しつけていない。

ささやかなタッチでも感じるはずだ、という確信があった。

「あうう……そこ……そこなのっ」

汗ばんだヒップが、舌先が躍るたびにヒクヒク揺れる。尻をめぐらせながら、響子が舌で裏スジを舐め、輪にした指でペニスをしごいている。

（フェラがうまい……気持ちいい……）

孝史の背すじを、射精の予感が走る。

フェラチオに合わせた手の動きが、男を惑乱させる。

男根を握る力は強すぎず弱すぎず、包まれていると思わせるものだ。しかし、先端から滴った先走りをすくうときの舌のタッチは強く、裏スジをグイグイ刺激する。

リズムと力の変化が快感にアクセントを生んで、欲望をかきたてる。

部屋には、ピチャピチャという水音と、あえぎ声が響いていた。

「あふ……ほしくなっちゃった……」

響子がヒップを揺らして催促した。

「俺も、響子さんがほしいです」

孝史は響子を自分の上から下ろして、ベッドに横たえた。そして、開いた両足の間に、己の腰を埋《うず》める。

「正常位は、はじめてよね。ハメるときは、目を見て……そのほうが感じるから」

響子が孝史の首に手をまわしてきた。黒目が孝史にすえられている。

(本当の恋人みたいだ……)

見つめ合い、肌を合わせているのに、恋人ではないことが不思議に感じられた。響子は孝史をいい男にするための教師であって、それ以上ではない。

わかっていても、生徒としてしか近づく方法がないのなら——。

孝史は、膣口にあてがった竿《さお》を押しつけた。

濡れた肉が軽く反発し、それから陰唇が開く。

チュプ……。

という音を立てて、亀頭が濡れ肉にくるみこまれた。熱く、潤んだ柔肉の心地よさに、思わずため息が出る。

「前にしたときよりも、大きくなってっ」

響子が汗ばんだ相貌をのけぞらせた。形のよいあごをうわむけ、月のように蒼白い喉をさらしている。

(ちゃんと感じてる……うれしいな)

孝史をいい男にするためのレッスンだが、響子は常に教師のようにふるまうのではなく、ベッドの上で感じたままに反応する。

その反応がうれしくて、孝史はさらに快感を味わってほしくなった。

「ああ……そう、そうなの……ゆっくりされるのがいいの」

触り方を優しくしたほうが感じるのなら、動きもアダルトビデオのようにすばやくするのではなく、ゆっくりしたほうが感じるのでは、と思って、挿入も自分の欲望を抑えながら、じっくり進めていた。

それが功を奏したようで、響子の上半身がくねっていた。言葉にできない快感を肢体で表している。

「すこしずつひとつになってるみたいで、いいですね……」

孝史は顔を近づけ、響子にキスをした。

まだペニスは半分も埋まっていない。はやる心を抑えて、スロー再生しているように腰を進めていく。

「少しずつ来てる。孝史くんが中に来てる……」

響子が鼻にかかった声で囁く。

その囁きが、孝史の余裕を奪う。

自分の体が、簡単にとまらない電車のように感じられる。重量があるから、ブレーキをかけても電車は百メートル進むという。いまの場合の重量は、快感と欲情。理性でブレーキをかけず、本能のままに進めたらどんなに楽だろう。

孝史の間近にある響子の相貌に、孝史の汗が落ちた。

「我慢のお汗がすごいね……」

響子が孝史の背中に手のひらをまわして、肌をなでた。

夢中になっていた孝史は気がつかなかったが、全身に汗が浮いていた。柔肉がもたらす快感のせいでもあるが、我慢による汗のほうが多かった。

「きっと、オチ×ポの先からもたっぷりお汁が出てる……そして、わたしの中で愛液と混ざってるんだわ」

熟女の囁きが、耳と脳をくすぐる。言葉にされると、行為がさらにいやらしく感じられて、孝史のペニスの反りがきつくなった。

「あんっ、す、素直なオチ×チンッ」

桜色に染まった頰を左右にふって、響子が悶《もだ》える。

反りがきつくなり、蜜壺の上肉に食いこんでいた。孝史は響子の乱れる様子を見つめながら、腰を進め——ついに根元まで埋めた。

「はうっ……ううううんっ」

響子の眉の間に、ささやかな皺が浮く。苦しげで、せつなげな艶情だ。

間近で、こんな表情を見られる自分は幸せだと孝史は思う。

汗ばんだ頰に口づけし、孝史も響子に体を預けた。

「あう……きつくなる……くう……」

ひとつになったまま動かずにいるのは、本能に反する行為なのかもしれない。

頭のどこかで、はやく抜き挿しをはじめろと囁いている。

しかし、孝史は響子にすべてを預けて、安らぎを感じていた。

「……どうしたの」

「ひとつになった幸せを噛みしめてます……ダメですか」

響子が孝史の頬を両手で挟んで、キスをした。それから、響子は孝史と額を合わせて目を閉じる。

ふたりの間に、本当の恋人のような時間が流れた。

「……最高の褒め言葉。どこかで習ったの」

「響子さんとセックスしていたら、自然と出てきました」

――だって、あなたが好きだから。

そう言いたかったが、本当の心を打ち明けたら、このあまいひとときは終わる。

レッスンだから、ベッドをともにできているのだ。

そうでなければ――ふたりの関係は終わる。喫茶店の店長と常連客の関係に戻る。

「教えがいがある生徒さんね。いいわよ、ゆっくり動いて」

響子の口調が、もとに戻った。あまい空気が消えたことに、孝史は寂しさを覚えたが、感傷に浸る間はない。

（たしかに、動かないときつい……）

蜜肉の締まりに、本能が動けと要求していた。

この胸のときめきを、響子に伝えたい──。

ならば、言葉にならないこの思いを、律動に変えて届けてみよう。

「くっ、あうっ、んんっ」

亀頭の先が子宮口にあたるたびに、響子は深いため息と、甲高いあえぎ声を交互に放った。律動で、セットした髪が乱れ、シーツの上にひろがっていく。

整えられたリップの輪郭がキスとフェラチオでぼやけていて、隙のないメイクが崩れていくのがしどけなく、響子の顔を見つめているだけで欲情が昂ってくる。

「気持ち、いい？」

孝史の下で上下に揺れながら、響子が聞いてくる。

「もちろんです。いい先生に恵まれて、よかったです」

孝史は強くしないように理性を働かせていたが、本能の欲求にあらがえなくなっていた。

キングサイズのマットレスのスプリングがバウンドして、かすかな音を立てる。

そこに混ざる、湿り気のある抜き挿しの音。ふたりは孝史の律動と、マットレスの反発で揺れていた。

間接照明の穏やかな明かりが、ベッドの上に淡い影絵を描く。

「あたるっ。くう、いいっ」

響子は結合が深くなるように、孝史の腰を太股で挟んできた。

「おお、響子さんっ、それは……」

蜜肉の締まりがきつくなり、愉悦が強くなる。

孝史の額からは、汗がいくつも滴っていた。

背すじから尾骨へ、尾骨からペニスへと射精の予感が走る。

マットレスに響子を縫いとめるように、孝史は強い突きを放っていた。

「あんっ、もう、いい。イキそう、ああんっ」

響子の欲望におぼれた声が、孝史の背を押した。

孝史が律動を強めると、マットレスの上で響子の尻がバウンドする。

「あう、あう、イク。奥がきついの……ああ、イクイク……」

響子が孝史の背をきつく抱いた。

「俺もイク……イキますっ」

孝史はガクガクと腰を震わせ、響子の中に白濁を注いだ。

「あんっ……熱い。いい、いいわ、素敵よっ……い、イクッ」

数度に分けて放たれる男の欲望を浴びながら、響子はのけぞった。

すべてを出したあと、孝史は響子の上で脱力した。

「抜かないの……」

「ブラジリアン柔術のあとの、セックスですよ。疲れたので、ちょっと休ませてください」

疲れたのもあったが、本当はまだ余韻に浸っていたかった。

恋した女性の腕の中で——。

「そうね、お疲れ様」

響子が孝史の頬にチュッとキスをした。

キスはうれしかったが、それが恋人のキスではないことが、孝史には悲しかった。

第三章　彼女はデリケート

1

「順調そうですね。今日は、なににしましょうか」

マスターがコースターを孝史の前に置いた。

五月も終わりにさしかかり、ブラジリアン柔術で稽古を受けるようになってから、ひと月以上経《た》っていた。本格的な稽古がはじまると、全身筋肉痛になった。

いまも筋肉痛にはなるが、翌日の勤務にさしつかえない程度になっている。

孝史は壁のブラックボードの、本日のおすすめから選んだ。

「きゅうりジン・トニックをお願いします」

マスターがうなずいた。

この店は孝史が住んでいるアパートの大家、三田さんから有機栽培の野菜を仕入れているのだという。サラダはもちろん、カクテルにも野菜を使っている。

きゅうりジン・トニックと最初に見たときは面くらったが、イギリスではジン・トニックにきゅうりを入れるのは定番なのだという。

黒板におすすめと書いてあるからには自信の一品なのだろうし、先日、銀座につきあってもらった恩もある。というわけで、勇気を出して飲んでみたのだが、これがおいしかった。

ライムの爽やかさに、きゅうりの青さがからまって、孝史のお気に入りの一杯になっていた。今日のように、梅雨入り前の湿度の高い日に飲むと、ことさらおいしい。

「会社でも、雰囲気が変わったって言われるようになりましたよ」

ドアベルが鳴り、ダッフルバッグを肩にかけたくるみが入ってきた。

「マスター、生ちょうだい」

くるみは孝史の隣に座り、電子タバコに口をつけた。

「孝史っち、すじが悪くないよ」

「いやいや、基礎練だけで毎回へばってますよ」

「きついとか言いながら、一カ月ちゃんと週三で通ってるじゃない。えらい子だよ」

くるみは汐磯町のブラジリアン柔術道場ではコーチ役を務めている。

汐磯町は都会から移住者を多く受け入れていた。都心からも一時間ちょっと、しかも海に山にと自然が多い。移住者は多彩な趣味を持つ者が多く、それまで町になかったヨガやブラジリアン柔術といったスタジオが増えているのだという。

「体形も変わってきたよね」

くるみが孝史の腹肉を、ワイシャツの上からつまんできた。

「贅肉《ぜいにく》が減ってる」

「ワイシャツも、よくお似合いですよ」

マスターが孝史にきゅうりジン・トニックを出した。

孝史はグラスを傾けた。スライサーで薄くしたきゅうりがグラスに薄緑の模様を描き、目にも涼やかだ。最初は青くさい飲み物かとドキドキしたが、マスターおすすめの一杯だけある。

すぐに、くるみの前にも小皿に入ったおつまみと、生ビールが出される。

「んで、進展はどうなの」

プレッツェルをかじりながら、くるみが尋ねる。

「ない……です」

「会社の女の子とは、進展ないよねえ、そりゃ」

くるみが横目で孝史を見た。

うちは全部わかってんよ、という目だ。

「会社の方とは進展なしですか。たしかに一度告白したあとでしたら、間を置いたほうがいいですからね」

マスターがグラスを拭きながら、抱かれたくなるような魅惑のバリトンで答える。

「一度ふられたら脈がないっちゃあないんだけどさ、ふつう」

くるみが煙を吐き出した。

「キョンさんからいい男になるように、レッスン受けてるんでしょ。順調なの。体で払ってもらって、キョンさんは助かってるみたいね」

くるみがニヤニヤしながらビールを飲んだ。

マスターは、デリケートな話題になると口をつぐむ。

「か、体って、変な意味じゃなくて、掃除してるだけですよっ。副業禁止なんで、いちおうはボランティアってことで！」

横浜でベッドをともにした翌日は、喫茶店人魚の店休日だったので、筋肉痛に苦しみながら、まずは店の天井と壁の汚れ落としをした。

響子が孝史の男をあげるレッスンをしたら、孝史は体でレッスン料を払うことになっているからだ。

翌週の休みの日は、ワックスをかけて床掃除。

その翌週には、水まわりの清掃。

その二週に関しては、響子と体の関係はなかった。レストランや、食事の場でのマナーや話の聞き方について指導を受けた。

「どっちの意味でも気にしないよ、うちら。でも、キョンさん、孝史っち、すっごく掃除がうまいって喜んでたよ。すごいじゃん」

「外見やふるまいとか、教えてもらったので、そのお礼です」

「ふーん」

くるみが喉を鳴らして、生ビールを飲んだ。

「ふり向かせたい相手、本当はキョンさんでしょ」

孝史は、飲みかけていたジン・トニックをこぼした。

マスターがおしぼりをくれたので、それでシャツを拭きながら、くるみにおずおずと聞いた。

「……わかっちゃいましたか」

「わかってないと思われていたら、そっちがビックリだって」

くるみとマスターの視線が孝史に向けられていた。

「マスターも、ですか」

「響子さんへの接し方を見ていればわかりますよ」

「響子さんは……」

「どうでしょうね。あの方は危険な男であれば警戒もするでしょうが、なぜか松本様にはガードを下げている感じがします」

「そうなんだよねえ。キョンさん、あのルックスでしょ。店にも彼女めあてで通う男とか来るんだよね。でも、人魚にはキョンさんファンのおっさんやおばさんの常連が多いからさ、おいそれと手が出せないわけ。それに、そういうのかわすのうまいし。だけど、孝史っちは受け入れられてるでしょ。謎だわ、謎。汐磯町ミステリーだよ」

くるみが、孝史をじっと見た。

「母性本能かな……って、キョンさんそういうのなさそうだし。でも、年上受けいいよね。孝史っち、三田さんから野菜もらってたでしょ」

「大家さん、いつも俺にくれるんですよ。おかげで、野菜料理のレパートリーが増えました」

今日も仕事帰りに三田さんの畑の横を通ったところ、呼びとめられた。

車で走っていても、呼びとめられるほど声が大きい。

三田さんは農作業用のつばが大きくうしろ半分を布が肩まで覆うタイプの帽子に、うしろをひもでとめるかっぽう着のようなエプロン、そして肘までを手袋で覆っていた。ふくよかで、垂れ目、それにかわいらしい団子鼻。

「ザ・農家のおばちゃん」といった感じの女性だ。彼女が人魚のオーナーというのは意外だった。三田さんは自分のアパートの住人を見つけると、気さくに声をかけて野菜を分けてくれる。

そういう世話を惜しまないところが、人魚の人気につながったのかな、と孝史は思った。

「孝史っち、人魚の常連からも人気あるし、キョンさんにもかわいがられてるしで、年上受けいいじゃん。汐磯町、合っているのかもね」

(たしかに、響子さんと仲よくしていたら、町にも溶けこめたな……)

響子と出会って、孝史の世界は変わった。いままで話したことのない人魚の常連や、三田さん、くるみ、マスター。世界がひろがった。

エッチの指導が毎回ではないのが寂しいが、毎回だったら逆にせつなくなるだろう。

(本当に響子さんが好きですと言ったら、変わるのかな)

孝史がそんなことを思ったときだった。

「でもさ、キョンさん、恋はしないから、たいへんだよ」

「えっ」

「世間話はするけど、恋愛に踏みこもうとしたら、フェードアウトするタイプ」

孝史の目が泳ぐ。

(俺が本気でアタックしても、ダメってことか……)

響子とは二度ベッドをともにしたが、孝史に心を開いていないようだ。

一瞬、通じ合えた気がしても、すぐにそらされる。

「……どんな男だったら、響子さんをふり向かせられるんでしょうね」

「わかんないけど……でも、キョンさんがここまで世話を焼いたのは孝史っちがはじめてだよ」

「マジですか」

「うん。前までは男がまつわりつくのをすごくいやがっていたけど、孝史っちは扱いが違う」

「たしかに。私もそう思います」

「みっともなくて普通……だけど、まっとう……そういうの、意外と珍しいからさ」

くるみがピンクのルージュを塗った唇から煙を吐き出す。

「平凡すぎませんか」

「そういういい感じの平凡ってムズいよ」

「それと、素直さは大事でしょうね。それが松本様の成長につながっているかと」

マスターがうなずいた。

平凡だけど、いい感じの平凡。褒められているのかよくわからないが、響子に気に入られたのなら、それはそれでうれしい。

ベルの音とともに、ドアが開いた。

「こんばんは。マスター、孝史くん、いる」

響子が顔を出した。

今日は紺のワンピースだ。前回のデートとは違い、裾がひろがったシルエットだった。ウエストのベルト代わりにリボンがあしらわれていて、スタイルのよさが強調されている。ミディアムの髪は軽く巻かれ、響子の可憐《かれん》さを引きたてていた。

透けるような白い肌に、紺色がよく似合っていた。耳にはパールのピアス。そこはかとなくエレガントで、セクシーなスタイルだ。

響子が、孝史の隣に座った。

「俺もいま来たばかりです」

マスターが響子におしぼりを出した。

「じゃあ、わたしはなにを飲もうかな。春だし、桜カクテルにしようかしら」

通った鼻すじ、長い睫毛《まつげ》、そしてきらめく瞳。孝史は、口を開けて響子の横顔を見つめていた。

近くにいるのに、カメラ越しに見ているような気がする。孝史には、ソフトフォーカスをかけたレンズで撮影された女優のように響子が見えていた。

孝史は熱い眼差しを響子に向けているのだが、それに気づいているのか受け流されているのかよくわからない。

マスターとくるみに助けを求めて視線を送る。

「さ、稽古も終わったし、おいしい生ビール飲んだし、労働してくるかあ」

くるみは早々に逃げた。マスターは、オーダーされた酒に集中しているようだ。

憧れの――恋いこがれた女性とふたり。

恋人になれないという苦い思いが胸にひろがる。

それがわかっていても、ときめく時間だった。

2

汐磯町にある、オーシャンビューのイタリアンレストランを出て、孝史と響子は歩いていた。

県道の向こうには、砂浜がひろがっている。

風が強くないのか、今日は波が穏やかだ。

「今日はどうでしたか」

「九十点。マナーもバッチリだったし、エスコートも様になっていた。服も、いい感じね」

「ありがとうございます。響子さんのおかげです」

「減点の理由は、いったいなんですか」

「それは……秘密、かな」

「それじゃ、改善するのが難しいですよ」

孝史が困ったように言うと、響子がクスクス笑う。

「本当は百点に近いの。でもね、あなたの困った顔を見るのが楽しくて」

響子はヒールの高い靴を履いているのに、歩き方は堂々としている。

都会で、ヒールの高い靴を履いて闊歩《かっぽ》している女性を見るが、半分くらいは姿勢が悪くなっている。ヒールが細く、しかも高さのあるものを美しく見えるように履きこなすのは、テクニックのいることなのだろうが、響子はなんなく歩いている。

「で、今日はこれからどうするの」

「俺の家でお茶です」

今日のレッスンは、バーで待ち合わせてからイタリアンに行き、そして孝史の自宅でベッドインするまでのコースだと言われていた。

「彼女とはどう。話、できるようになった？」

響子はやはり気づいていないのだろうか、孝史の本当の気持ちに。

少し安堵《あんど》し、少し落胆する。

「できるようになりました」

「すごいじゃない。感触はどう。うまくいきそう」

孝史は、花との会話を思い出していた。

昼は会社のそばの定食屋に通うことが多かったが、汐磯町になじんでから、自然の中で過ごしたくなっていた。いまは、昼どきになると歩道で売っている弁当を買って、会社そばの公園のベンチで食べている。

ある日、弁当を食べていると、

「ここ、いいですか」

と、声をかけられた。相手は、黒木花だった。

孝史がうながすと、花が隣に座り、膝の上に小さな弁当箱をひろげた。ご飯少なめで、おかずはブロッコリー、ひじきの煮物、タンパク源として塩鮭《しおざけ》と玉子焼きの手作り弁当。彩りもきれいだ。

「もしかして、松本さんと私、銀座でお会いしませんでしたか」

孝史がくるみと地下鉄の駅に入る直前に見たのは、やはり花だったのだ。

「えっと……」

とっさに言葉がでない。久住との関係がお茶友達だとか、もしかしたらふたりは香道をやっていて専門店にやってきたということもありうる。実は異母兄妹《きょうだい》で……という話だってあるかもしれない。

まさか、いちばん可能性の高そうな、不倫というキーワードは出しにくい。

「言いふらさないでいるのは、どうしてですか」

「人違いかもって思ったし、プライベートの話は、会社であまりするものじゃないでしょう」

孝史は油淋鶏《ユーリンチー》をひと切れ口に入れた。中華料理専門店の弁当だけあって、カリッとサクッとした揚げ具合に、タレの味もいい。

おいしいのだが——味よりも会話が気になって弁当に集中できない。

「私が松本さんのこと、ふった理由わかっちゃいましたよね」

「俺がふられたのは、黒木さんに合わないと思われたからだよね。だから、仕方がないと思っている。ただ、久住さんとのこと……あれは恋愛なの」

孝史と花の足下に、弁当のおこぼれがもらえそうだと鳩がやってきた。まじめな話をしているのだが、合間合間にクルックーと鳴き声を出されると、微妙に気が散る。

「……ですね」

花が玉子焼きを食べる。

「でも、久住さん、家族を大事にしてるって、会社でよく言っていたじゃないですか。子どものサッカー練習とか、子育て仲間とバーベキューとか。それなのに……その、黒木さんとおつきあいしているって、言ってることとしていることが違うから、戸惑います、正直言って」

不倫だから、と断罪する気にはなれなかった。不倫は久住夫妻と花の問題だからだ。ただ、孝史が引っかかるのは、久住が社内でよく家族の話をし、いかによい父親かアピールしていることだ。不倫相手が同じフロアにいて、その話を聞いていても、平気だと思う神経がわからない。

「いつか奥さんと別れるって言っていたから。子どもが大きくなるまで我慢してってて私に言ったの。だから、私は信じて待つつもり」

「でも、お子さんは幼稚園ですよ。大きくなったらって、小学校に入ったらですか。家族ぐるみでバーベキュー行っている人が、子どもが小学生になったからって、別れるとは思えません」

「……嘘かもしれない。でも、本当かもしれない。だから……」

「だから、ずっと……それとも黒木さんが諦めるまで、都合よく使いたいだけなんじゃないですか」

孝史は怒りで、勢いよくご飯をかきこんだ。

完全に遊びだ。久住は、黒木花なら火遊びをしても騒ぎたてないと見こんでいるから、そんなことを言うのだ。このまま数年つきあい、数年を無駄にしたとしても、花は久住に抗議することもないだろう。そんな気がした。

「変わりましたね、松本さん。前は自分に自信がなさそうで、言われるままなんでも仕事を受けていたのが、いまは自信がある感じです。きちんと意見も言えてるし」

たしかに、響子やマスター、くるみのレッスンのおかげで自信はついていた。

そして、高嶺《たかね》の花に手を伸ばして努力するうちに、変わってきた。

だから、採算度外視で、下請けにサービス残業を強いるような契約をとってきた営業とぶつかることも増えた。いままではそういった案件でも唯々諾々と受けていたが、抗議することで営業はそういった仕事をとってこなくなり、結局不採算の仕事が減って、孝史の業績はあがりつつある。

「まあ、いろいろあったから……」

「だから、わからないんですよ。うまくいっている人に、私の気持ちなんか」

花は乱暴にふたをして立ちあがると、事務所のあるビルに向かった。

そのことを思い出した孝史の胸に苦いものがひろがった。

「話はできましたけど……難しいかも」

海沿いの県道は街灯が等間隔でついて明るいが、県道から一本奥に入ると、街灯の間隔が空いて暗くなる。

「その彼女が難しくても、いまの孝史くんならきっと素敵な人が現れるから、大丈夫よ。自信を持って」

薄暗がりでも、響子が微笑んでいるのがわかった。

(素敵な人なら目の前にいる……だけど……わかってもらえない)

暗くてよかった。明るかったら、孝史が涙目になっていたのがバレていただろう。

かなわぬ恋でも、諦めがつかない。

もしかしたら、花もこんな思いを抱えているのだろうか。

(恋した相手が既婚者だったのと、恋した相手に恋愛対象に見てもらえないのと、どっちがつらいんだろう)

そんなことを考えていたとき、カツッと音がして、響子がよろけた。

「やだ、小石を踏んじゃったみたい」

響子がヒールを片足脱いで、持っていた。右のハイヒールのかかとがソールからとれてぶらさがっている。

「ふだんはこんなヘマしないのに、もう」

孝史のアパートまで、まだ距離がある。裸足《はだし》で歩くには長い距離だ。

「どうぞ」

孝史は、響子の前でかがんだ。

「まさか、おんぶする気なの。無理だってば」

「鍛えてますし、響子さんを裸足で歩かせるほうが俺としてはきついですよ」

響子がおぶさるまでは体を起こさないでいようと思っていた。

孝史の態度から気持ちが伝わったのか、響子はため息をついてから、おぶさってきた。

「この話は誰にもしないでよ。天下の響子様がおんぶされてるなんて、汐磯町で噂《うわさ》になっちゃうから」

「人魚の店長の名誉を損なうようなまねはしませんよ」

孝史は立ちあがって、歩きはじめた。

一カ月の肉体改造の効き目が出ていた。響子の体重が軽いのもあるが、孝史の足腰も強くなっていたようだ。なんなく歩ける。

「今日のデートは百点に変更ね」

「ありがとうございます」

孝史は響子のぬくもりを背中いっぱいに感じていた。

背中にあたる双乳の感触、ほどよく肉のついた太股、そのせいで股間が充血してくる。

（や、やばい……）

ズボンの前が勃起のせいで痛い。

「どうかした、歩くのがゆっくりだけど……」

「あの、その……」

孝史の前かがみで、響子はなにが起きているか気づいた。

「もう、気の早い生徒さんね」

3

孝史のアパートに着くやいなや、響子を抱きしめていた。

狭い土間をあがり、キッチンで口づけをかわす。

孝史の部屋は1Kのアパートだ。築三十年以上の物件なので、キッチン部分に四畳半ほどあり、キッチンのとなりに六畳がある。ひとり暮らしにもかかわらず、孝史はダイニングテーブルを置いている。

響子をそこに横たえ、キスを続ける。

「ん……いきなりなんて……んんっ」

そう言いつつも、響子の手が孝史の首にまわされる。

今日がベッドでの最後のレッスンだと言われていた。

だから、響子を抱けるものこれが最後だ。

孝史のプランでは、部屋でとっておきの紅茶を淹《い》れてもてなし、そしてシャワーからのベッドインの流れだった。

だが、股間の暴れん坊のために、プランは早くも崩れている。

(最後くらい、ベッドでゆっくりしたかったけど、いまは響子さんがほしくてたまらない)

孝史は響子に口づけながら、スカートの中に手を入れて、太股から股間へと指を滑らせた。太股の中ほどでストッキングはとぎれ、肌に触れる。

(もしかして、これ、ガーターベルトってやつでは……)

動画サイトや漫画で知識はあっても、実際に触れるのははじめてだ。

孝史は響子のスカートをゆっくりまくりあげた。

「おお……」

声が出た。太股の中央を白のベルトが走り、それが肌色のストッキングにつながっている。ストッキングをはくことで肌に光沢がつき、陶器のような肌がさらに美しくなっていた。

ガーターベルトを見て、股間の盛りあがりはきつくなり、下着が先走りで濡れた。

(ガーターベルトはナマで見ると、こんなにもエッチなのか)

涎《よだれ》がとまらない。

「響子さん、響子さんっ」

孝史はたまらず足下にかがんで、太股に頬を擦りつけた。

最後だから、雰囲気たっぷりにしようと思っていたのは孝史だけでなく、響子もそのようだ。

孝史はエスコートやファッションで、響子は魅力的な下着で——。

雰囲気を盛りあげる効果は抜群だが、欲望をたきつける効果も抜群だ。

「ど、どうしたのっ、孝史くん」

「終わりなんて、いやです……俺は響子さんにずっと教えてもらいたい……ずっと、エッチをしていたい……」

太股に頬ずりしながら、孝史は言った。

(こんなことは目を見て言うことなのに……目を見たら言えない)

体を鍛えて外見を整えても、心はまだ弱いままだ。

臆病で、傷つくことを恐れている。

正直、情けないと思う。だが、言葉にして、伝えることだけはできた。

「いけないの……わたしと深くかかわると、きっと傷つくから」

響子の言葉で、孝史は顔を跳ねあげた。

「失恋して傷ついたところからはじまってるんですよ。俺、これ以上は傷つきようがないです」

「わたしは経験豊富で、ちょっとやそっとじゃ傷つかないの。わたしの心は防弾ガラスなみに丈夫だけど、あなたの心は壊れやすいでしょう」

「こ、壊れたっていいじゃないですか。粉々になったら、またつなげばいいんです」

響子が目をそらした。

「違うのよ。世の中にはもっと面倒で、あなたが知らないことがいっぱいあるの」

「……もしかして……知られたら、怖いんですか、俺に。それって、響子さんも俺のことが、あの、その……好きってことじゃないんですか」

心臓がティンパニと化して、派手に鳴っている。アパートに響きそうなほど大きな音が体から発せられているようだ。

響子が深く長い息を吐いた。

「わたし、人には言えない秘密がある。だから、町の人にはいいところしか見せてないの。本当のわたしを知ったら、みんな離れるわ」

「本当の響子さんを知らないのに、俺は離れようがないです」

困ったような顔で、響子が孝史を見た。

「わたしとつきあう男はスリルがほしくてつきあうのよ。あなたはどうなの」

「そばにいたいと思うのに、理由っていりますか。スリルもなにもいらない。響子さんがいればそれでいいです」

孝史は響子の太股に顔を押しつけたまま、告白した。

みっともないことこのうえない告白法だ。

（終わった。これで終わった……またかっこ悪いことやっちゃったな……）

失恋を確信し、肩を落としたとき——響子があごをつかんでうわむけた。

孝史は立ちあがり、響子を抱きしめる。

「孝史くんに出会えて、よかった。わたし、もう怖がるのやめようかな……」

ボルドーのリップが近づく。ふたりは深く——長く口づけをかわした。

響子の舌が、孝史の舌とからまり合う。あまい痺れが体を包む。

「わたしも、孝史くんのそばにいたい……ねえ、キスして……」

孝史は響子の股間に指を這わせていた。レースのショーツは重くなりそうなほど濡れている。ショーツのクロッチをよけて、柔肉に指を浸した。

孝史の唇が響子の唇から頰へ、そして首すじへと流れていく。

「どこに」

声がうわずっていた。彼女もどこにキスされるか、うっすらわかっているのだ。

そのことを言葉にすると思うと、心拍が速くなった。

「エッチなほうの唇に……」

「あん……」

響子が鼻にかかった声を出した。

「いいわ。して……」

ダイニングテーブルに手をつき、響子がヒップを突き出した。片手でスカートをまくりあげ、たわわなヒップをむき出しにする。

足の間から女のアロマがひろがり、孝史の脳髄を刺激する。

孝史は長い足の間にひざまずくと、顔をショーツに寄せた。

(どんなお酒よりも、男を酔わせる匂いだ)

甘酸っぱいような香りに、胸のときめきと股間の疼きがとまらない。

孝史は我慢できず、ズボンからペニスを露出させた。

「あ……エッチな匂いがする……オチ×チン、出したのね」

響子が孝史に視線を移した。アーモンド形の目は興奮で潤んでいた。虹彩のはっきりした瞳が、股間へとおりていく。

赤黒いペニスを見て、響子が微笑んだ。淫靡だが、品の漂う微笑みだ。

「わたしも、食べたい」

響子が舌なめずりをした。いままで見せたことのない欲情の表現に、孝史はドキッとする。

(女性に慣れていない俺を気遣って、こういう表情を隠していたのかな)

響子の素顔に近づけた気がする。

「先にキスをするのは俺ですよ」

孝史はショーツのクロッチをよけ、桜色の陰唇をむき出しにした。

姫貝は蜂蜜をかけたように、粘り気のある体液で濡れ光っている。孝史は舌を伸ばし、その蜜をすくった。

透明な雫《しずく》はほんのりとした潮気と興奮のアロマを放ち、鼻腔を満たす。ひと舐めするだけで脳細胞のひとつひとつが痺れるほど美味かつ刺激的な味だった。

（ゆっくり。焦っちゃダメだ……）

犬のように舌をすばやく動かしたい衝動に駆られるが、孝史は舌を肉の花びらに押しつけながら、ただ顔を左右にふった。

「くう、あんんっ……」

響子の豊かな尻がぷるんっと揺れた。舌の先端がクリトリスにあたって、快感を与えているようだ。濡れが激しくなる。

（ゴージャスで、いやらしい眺めだ）

Pの字のように盛りあがったヒップ、そこからつながる肉がしっとりついた太股。

長い足が逆V字になっている眺めは壮観だ。

舌を押しあてたまま、押しつける力に強弱をつける。性感帯を狙った愛撫のために、女性器全体が敏感になっているようだ。

「あん……いい……すごく上手……」

響子がテーブルに顔を伏せて、うっとり目を閉じている。

腰が、スローに揺れていた。愉《たの》しげに、心地よさそうに。

激しい動きが強い快感につながるわけではない――。

それが、響子とのセックスで学んだことだ。

舌を伸ばして、ほころんだ蜜口へと入れていく。きゅっと窄まった入口をすぎると、濡れた肉ビラが四方からやってきて、舌をくるんできた。

孝史は、つるんとした柔肉を舌でなでながら、親指をクリトリスに押しあてる。

「むううんんっ」

太股がブルブル震え、レースのショーツから汗と愛液の香りが漂う。鼻腔いっぱいに響子のアロマを吸いこみながら、孝史はゆったりと愛撫を続けた。

舌を時計まわりにゆっくりめぐらせ、肉襞を味わってから、今度は逆回転にする。

「おう……おお……」

静かな愛撫だからか、官能は深く、それを示すように、洪水のように愛液があふれてきた。

「孝史くん……来て……オマ×コが火照って、無理っ」

響子が肩越しにふり向いて、訴えかける。

孝史はペニスの根元を持って、背後から響子を貫いた。

「あうっ……いいっ……」

「おお……響子さん、すごく、熱いですっ」

つながった瞬間、ふたりは声をあげた。

結合部から垂れた愛液がペニスから陰嚢に伝わり、床に落ちる。

（とんでもなく濡れている……つまり、俺で感じてるんだ）

歓喜が欲情と相まって、ペニスはいつも以上に反っていた。うわむいたカリ首が、膣の肛門側をくすぐっている。

（バックでするのははじめてだからか、すごく……気持ちいい）

同じ相手とセックスしているのに、快感が違う。

バックだと膣口がいつもより狭くなったように感じた。

「んぐ……んんぐっ」

響子が声をこらえている。ゆっくりした抜き挿しのたび、亀頭が子宮口に埋まる愉悦を味わっているようだ。

「声、出していいんですよ」

「やん、三田さんのアパートで、エッチな声だすなんて、聞かれたら、は、恥ずかしいっ」

響子が顔を真っ赤にしている。そして、形のよいリップからは涎が垂れている。

（そういえば、いままでは声を出しても大丈夫なシチュエーションだった）

孝史のアパートの壁は、築年数が古いだけあって薄い。両隣のちょっとした音が聞こえる部屋だ。そこで、響子が感じるままに声を出したら、それこそアパート中に聞かれかねない。

「響子さん、指を噛んで、声をこらえてください」

「まさか……あうっ、くうっ……あんっ、あんっ」

子宮口を突くような深い律動を、スローテンポで繰り返すと、響子は喉からあまい声を出した。アロマを放つ女蜜が垂れて、ショーツとガーターベルトを濡らしていく。

(ダメだ。もう、我慢できない……)

孝史は、こめかみから汗を垂らしながら、律動のテンポをあげていく。

挿入したまま動かなかったため、たっぷり柔肉の責めを受けていた。そのため、射精の欲求が高まっていたのだ。

「むっ、んっ、んんっ、ふひっ」

指を噛んでこらえる響子の鼻から漏れる息が艶めかしい。

互いに服を着たまま、下半身だけむき出しになって交わっていると思うと、孝史はそのことだけでまた興奮してしまう。

(おお……縦の締まりがきつくなって……おおおおお)

正常位のときにはなかった圧搾を受けて、孝史は射精欲を我慢できなくなった。

ヌチュ、グチュっと音を立てて、リズムよく抜き挿しを繰り出す。

ペニスが抜かれるたび、孝史の太股に熱い愛液が降りかかった。

「あう、もう我慢できないっ。孝史くん、わたし、イク、イクッ」

近所迷惑など考える余裕は響子から消え去っていた。

「いやらしい声、出しちゃダメですよ」

「あむっ……む、むううっ」

孝史はつながったまま響子の唇を封じた。響子は声の代わりに、舌の動きでいかに感じているか示している。唇と、ふたりのつなぎ目からくちゅくちゅと水音が立つ。

子宮口を狙って、律動を繰り返した。

「むぐ……あうっ、うっ」

性感帯を突かれた愉悦で、蜜壷がうねった。

口を封じた代わりに、前後動を大きくする。そうすると、響子と孝史の尻と腰がぶつかるたび、パンパンと淫靡な肉鼓の音が放たれる。

「ひ、ひい……いい、イク、孝史くん……わたし、イクううっ」

響子が全身を痙攣《けいれん》させた。

孝史の背すじを、寒気に似た射精欲が走る。

「お、俺も、出ますっ、おお、おおおっ……」

孝史はピッチの速い抜き挿しを数度繰り返すと、響子の最奥で動きをとめた。

「熱い……熱いのが好き……気持ちいい……」

ドクドクと勢いよく白濁を注がれた響子は、うっとりと孝史を見た。

「好きです、響子さん」

孝史は響子の目を見て告げた。

「私も……好きよ……孝史くんが」

響子が言い終わらないうちに、歓喜に包まれた孝史は唇で唇を封じた。

第四章　すべてはこの夜に

1

「政界の大物の愛人だった女が海辺でリゾートライフだってさ。いい気なもんだね」

久住がネットニュースをスマホで見ていた。

ニュースは、孝史も読んでいた。

次期総理と目される人物に愛人がいたことが記事になっていた。その政治家は、二年前に急病で搬送されたことがあった。当時、貧血だとかでごまかされたが——本当の入院理由が心不全だと、いまになって報道されたのだ。しかも勃起薬を使ってセックスをしている最中に心臓がとまりかけたと詳細まで明らかにされ、政治家の進退問題に発展していた。

いま、この記事が出た理由は健康不安説を盛りあげることと、スキャンダルを報道することで、総理候補としての資質を問うつもりなのだろう。口止めのために、愛人A子に数千万払われていたことも問題視されていた。

金で女を買う男――金で買われる女。

よくある話だが、金額が大きく、そして男の社会的地位が高ければ話題になる。

週刊誌がスクープ報道したあと、ワイドショーでもとりあげられるようになった。

政治に詳しい記者のコラムによると、タイミングからしてライバル派閥に情報をつかまれてリークされたのだろう、とのことだが、孝史にとってはどうでもいいことだ。

終わったことを蒸し返されて、大切な人が目の前から消えた――。

そのことで孝史が受けたダメージのほうが大きかった。

キーボードを打つ手に力が入り、タイプ音が事務所に響いていた。

「神奈川県の海辺の町って、おまえのいる町じゃないの。昭和レトロ喫茶の店長になってるってところまで書かれてるけど。神奈川はいろいろな女がいるよな。相模《さがみ》の女帝とかさ。大物政治家の秘所兼愛人だった女も、神奈川に隠れてるって話だろ」

エリアマネージャーの孝史は、週に二日ほど横浜の本社へ出社すればいい。それが、愛人A子――響子がネットを賑《にぎ》わせている日なのは最悪だった。

(おまえに響子さんのなにがわかるんだよ)

孝史はパソコンに向かい、営業シートや本社決裁の必要な文章を作成していた。

「松本、なあ、松本、先輩が聞いてるんだからさ、そういうの、答えたほうがいいって。おまえもなにか知ってるだろ」

久住がしつこく聞きつづけている。

孝史はマウスをクリックし、印刷する。

大手ならいざ知らず、中堅ビルメンテナンス会社の稟議書《りんぎしょ》はいまだに紙ベースだ。

「知りませんよ。他人の愛人の話にかまけてて、久住さんこそ大丈夫なんですか」

久住の整えられた眉毛の下にある、大きな目が一瞬揺れる。

「世間話をしようと思っただけだよ。忙しいのに邪魔したな」

久住が爽やかな笑みを見せて、孝史のもとから去った。

プリンタから印刷した書類をとろうとすると、プリンタそばの席に座っていた黒木花と目が合った。

「……よけいなこと、言わないで」

ふたりにしか聞こえない小声だった。

「でも……」

「来て」

花が自動販売機コーナーに孝史を誘った。

「私は納得してつきあってるんだから。あの人を怒らせるようなこと言わないで」

「黒木さんがいいならいいさ。ただ、遊びなら遊びだって言うべきだよ、久住さんが。それをあやふやにしてるのは、ずるいと思う」

「遊びなんかじゃない……はず」

しかし、そう言った花の声はかぼそかった。

孝史は、スッキリしないまま席に戻った。花のことも気になるが、いまは響子だ。

（響子さんがいきなり消えたのはそういうことだったのか）

金曜日にデートをして、土日、孝史は人魚を手伝った。そして二日連続で響子の部屋に泊まり、あまいひとときを過ごした。

過去はいらない。いまさえあれば——。

そう思えるほど、幸せな二日間だった。だが、その幸せはとつぜん終わった。

みんなの迷惑になるから、私を探さないでください。

鍵は三田さんに返してください。三田さんはすべてわかっているはずです。

響子

朝起きて、テーブルにこれが残されているのを、孝史は見つけた。

もともと荷物の少ない部屋だから、なくなったものはすぐわかった。リビングに置いてあったスーツケースだ。

響子はもういないのだと、それで痛感した。孝史は大家の三田さんに連絡し、人魚の鍵を手渡した。三田さんは、人魚に臨時休業の貼紙《はりがみ》を出した。

響子が姿を消して二日で、騒ぎは大きくなっていた。こうなることがわかっていたから、響子は姿を消したのだろう。

部長からの決裁をもらい、上階にいる社長室へ向かう途中、スマホが震えた。

もしかしたら——その思いですぐにスマホをとる。

くるみからだった。

——聞いた。みんな心配してるから、仕事終わったら、門来集合ね。

長文ではないのが、くるみらしい。

また震える。

——大丈夫。なんとかなるっしょ。

くるみの優しさに、孝史は泣きそうになった。

定時で帰り、門来へ行くと、そこにはくるみとマスターにくわえ、大家の三田さんも来ていた。

三田さんはいつもの農作業スタイルではなく、ゆったりしたトレーナーに、ヒョウ柄のスパッツという個性的なスタイルだ。ファッションだけだと何歳かわからない。

「マスター、クローズにしてもらっていいかね」

三田さんが声をかけると、マスターは言われたとおりにした。

「ここにいるのは響子のことを知っている者ばかりだから、私も話せるんだけど……あの子がこの町に流れてきたのは二年前なのは知っているよね。行くあてがなく、身を隠せる場所を探していたようでね。私も人生いろいろあったもんだから、響子が人魚に来てすぐピンと来たよ。この子はワケありだって。それで閉店まであの子がいて、帰るあてがあるのかい、って聞いたら首をふってね。だから、うちに泊めたのさ」

三田さんは、マスター特製のゆず茶を飲んでいた。

「次の日からは恩返しだって言って、店を手伝うようになってね。もともと客あしらいがうまいし、汐磯は故郷に似ているとかで気に入ったようでさ。それで、あたしも年だから、店長をやってもらうことにしたんだ。銀座の女、特に愛人になるような女は口が堅いのが大事だから、私にも言えなかったんだろうが……」

「言ってもどうにもならないですしね。ことがことだし……」

孝史が続けると、くるみがクスッと笑った。

「言えばどうにかできる人がいるんだよ、この汐磯町ってのは」

と、くるみが続けた。

「その話はいいだろ、まったく」

三田さんがくるみに釘を刺す。

「キョンさん、ワケありっぽい雰囲気あったのは、そういうことか。今朝、ネットでニュース見た常連さんからメッセージ入るんだけど、あたしもよくわからないからって適当にごまかしている。みんな、噂話好きだよね。でも、魔性の女みたいな書かれ方してるの、妙にムカつくわ。キョンさん、そういう人じゃないでしょ」

くるみが生ビールを空ける。孝史が門来に着いたとき、空のグラスをマスターが下げていたので、これで二杯目か三杯目だ。くるみは出勤前のビールを一杯と決めているから、こんなペースで飲むのは、彼女なりに驚き、怒っているからだろう。

「いま話題になっている一件にしても、響子さんが悪いわけではありませんでしょう。

どうして、町から姿を消したのでしょう」

天鷲絨の声の持ち主、マスターが肩を落としている。

マスターは、ボトルの位置が少しでも斜めになっているものを、カウンターから見て真正面になるように直していた。

これが、マスターなりの気の落ち着け方なのかもしれない。

「週刊誌のやり口だよ。まずはネタとして大きくとりあげる。これで他社がついてくるようなら、次々と記事を書いて話をひろげていくんだよ。いま町にいたら、間違いなくマスコミがやってきてやかましいことになるからね」

「二年前の話なのに」

くるみはむすっとしている。

竹を割ったような性格のくるみからすると、過去の話を蒸し返すような輩《やから》が気に食わないようだ。

「総理になりそうな男の愛人となれば、話は違うのだろうさ。まったくマスコミときたら、いまも昔も変わらない……」

三田さんがため息をついた。

「あの子、夜の町で働いたことがあるって言っていてね。それも、親の借金を返すためだって。もう金をほしがる男にはもうんざりだ、だから独り身を通すんだって話していたよ」

「ガードが堅かった理由はそれか」

くるみがうなずいた。

「松本くんが来て、ちょっと変われたかと思ったら、これだもの……まったく、いまごろどこにいるんだか」

三田さんが肩を落とす。

「人生、なるようにしかならないけれど、どうして幸せになってほしい子の手から幸せは逃げていってしまうのかね」

「三田さん、響子さんと話した中で、なにかヒントになりそうな場所や名前はありませんでしたか。俺、探してみます」

「探すったって……」

「銀座でしたら私も知り合いがいますので、少しはお力になれるかと」

マスターが魅惑のバリトンで言った。

「うちも、知り合いに聞いてみるからさ、この辺のだけど。地元ネットワーク、なめんな。人魚常連のおじちゃん、おばちゃんたちも、キョンさんのファンだから、手伝ってくれると思う」

くるみが猛烈な勢いでメッセージを打っている。

「早く見つけて、帰ってくるように言わないとね。こんなに待っている人がいるんならさ。じゃあ、松本くんに、私が知っていることを話そうか」

三田さんから響子についての話を聞き、どこから探そうかと思いつつ、孝史は門来を出た。そのとき、スマホが震えた。響子からの着信だった。

2

カーナビの指示どおりに車を走らせると、三浦《みうら》半島にある高級ホテルが見えてきた。外資系のリゾートホテルで、装飾は少ないが、まるみを帯びた外観からはデザインへの自信がうかがえた。混じりけのない白い壁がライトアップされ、遠くからでも目立つ。

孝史は車を預けると、指定された部屋へと向かった。

エレベーターに乗りながら、メッセージを送る。既読はつくが、響子からの返信はない。

胸騒ぎを覚えつつ、孝史はエレベーターを降りた。

すると、響子の部屋のほうから、男が歩いてきた。

年のころは四十くらいだろうか。身長は孝史より高い。百八十あるだろう。髪は黒く、顔立ちは整っている。切れ長の目もとに、通った鼻すじ、薄い唇。すこしラフに整えた髪が、爛《ただ》れた色気を放っている。

スーツも時計も高級品のようだが、体からは頭からかけたのかと思うほど強烈な香水とアルコールのにおいがした。

孝史とすれ違うとき、男はちらっと見て、鼻で笑ったように見えた。

(なんなんだ……あの人)

孝史は足を速めて部屋へ向かい、チャイムを押した。

気配はするが、返事はない。

ドアの前で、響子に電話をかけた。

「いま、部屋の前にいるのは俺です。ほかには誰もいません。だから、安心して開けてください」

鍵が解錠される音に続いて、ドアが開いた。

ドアからはアルコール、男性用のむせるような香水、そして情事のにおいがした。

清潔で、化粧品やヘアコロンの優しい香りしかしない響子の部屋とは大違いだ。

この二日で、響子の世界が一変したのはたしかだ。

「来てくれて、ありがとう」

四日前に、海辺のレストランでデートし、部屋で愛を交わした響子とはまるで別人だった。

無造作にかきあげた髪、そして濃いメイク。身につけているのはスリップとバスローブだけだ。開いたバスローブの前から、光沢あるシャンパンベージュのスリップがのぞいている。その下で乳頭が屹立しているのが陰影でわかる。

「響子さん……たいへんでしたね……」

響子が抱きついてきた。

孝史は慌てて部屋に入ると、ドアを閉めた。

化粧は、いままで見たことがないほど濃かった。アイシャドーも、口紅も濃い色のものをつけている。しかし、バスローブで拭ったのか、口紅は輪郭がぼやけ、頬のほうへ流れていた。

夜だというのに、部屋の明かりはベッドサイドライトだけ。

部屋に備えつけのテーブルには、ワインやウイスキーといった酒の瓶が林立している。清掃を入れていないからか、床にも空き瓶が転がっていた。

「たいへんじゃないわよ。そのために、お手当もらってたんだから」

響子が首を傾げる。首すじがきれいに見えるよう、計算された動きのように見えた。

――あの子は、銀座でも有名なクラブのホステスだったんだよ。そこで有力政治家に見初《みそ》められて、愛人契約を結んだらしいよ。

大家の三田さんから聞いて、響子の人あしらいのうまさと美しさの理由がわかった。

くるみによると、銀座のホステスは美人であるのがあたりまえで、それにくわえてスタイルもモデルなみ、さらに気のきいた会話をできる知性と気配りが必要とされるらしい。

夜の銀座に縁がないうえに、女性のいる店ではほとんど飲まない孝史にはわからない世界だ。

「それは終わったことだし……終わったことで、どうして響子さんが苦しまなきゃいけないんですか」

「わたしの中で終わったことでも、その情報が利用できるものだったら利用するのが人でしょ。昔の男に汐磯町にいるのを探しあてられて、インタビューに出るように言われたの。手切れ金を渡したのに、足りなくなったんだって。それで週刊誌にわたしのことを売ったのよ。いまさら、わたしの話なんて価値がないと思っていたけど……わたしのおかげでお小遣いが稼げてご機嫌みたい。そして、スキャンダルは娯楽になっているし」

「娯楽だなんて……」

しかし、的を射た言葉だった。孝史も、有名人のスキャンダルニュースがネットで流れてくると、面白半分で見てしまう。

（それが自分の大切な人にふりかかるなんて……）

実際、そんな状況に身近な人間が置かれると、そのことの残酷さを思い知らされた。

「響子さんが、そんな目に遭うのを見ているのはつらいです。俺でなにかできることがあれば……」

孝史はハッとした。さっき廊下ですれ違ったのが、響子を売った男か。

響子がキングサイズのベッドに座る。

ベッドのリネンは乱れ、眠る以外の用途で使われたのがわかる。リネンからは、先ほどすれ違った男が放った香水のにおいがした。

「お店のこと、よろしくね。レシピとかは三田さんが知っているし。ときどき孝史くんがお店全体をきれいにしてくれれば、それでいいから」

響子はテーブルからワインのボトルを持ち、中にまだ残っているのを確認すると、口紅のついたワイングラスに赤ワインを注いだ。

ワインのマナーを孝史に教えたとき、香り成分が飛ばないように、グラスの三分の一になるように注ぐように言ったのは響子だ。しかしいま、響子はグラスの四分の三までワインを入れている。

「戻るつもりはないんですか。俺、響子さんのおかげで少しはいい男になったし……俺には響子さんが必要なんですよ」

「あなたが必要だって思っても、わたしにあなたは必要ないの。お店のことだけが気がかりだった。だから、呼んだの」

「それだったら、電話で済む話でしょう。どうして呼んだんです」

響子がワイングラスを持ったまま立ちあがり、窓辺へ行った。

スリップにバスローブを羽織っただけでも、スタイルがいいためか、驚くほど決まっている。

少しやつれたように見える美貌だが、その翳《かげ》りのためか、ゾクッとするほど凄《すご》みがある。

（一流の女の人に、俺は教わっていたんだ……）

一分の隙がない姿のときも美しいと思ったが、崩れたスタイルでも損なわれない美しさを持つ人間はそうはいないだろう。

恋をした相手が、手の届かない相手だったと痛感した。

海千山千の女性に、素人同然の孝史では相手にならないのはわかっていた。でも、心が通じ合ったあの週末は現実で、あのとき、ふたりは恋人だったはずだ。

「……話し相手がほしかったのよ。飲み相手が」

「いくらでも相手しますよ」

孝史はワイングラスを響子からとり、代わりに一気に飲んだ。

「心は強いなんて言ってましたけど、俺とたいして変わらないじゃないですか。いまの響子さん、俺に弱みを見せてますよ。本当は傷ついているんでしょう。だから、俺を呼んだんでしょう」

響子がクスッと笑った。

「傷ついてなんていないわ。面倒から逃げたと思ったら、また追いつかれてうんざりしてるだけよ。金で解決したはずなのに、まだ絞りとれると思っているダニとかね」

「さっき、部屋から出てきた人ですか」

「あいつ、重森《しげもり》っていうの。あいつがわたしに愛人の口を紹介してくれたの。ホステス時代、隠れてつきあっていた。わたしがホステスになったのは、大学生だったときよ。親が事業で借金を抱えて、このままだと弟たちも路頭に迷いそうだった。だから、スカウトされて飛びついたの。会員制のいいお店だった。でも、わたしは学生とホステスをかけ持ちできるほど器用じゃなくて。だから大学をやめて、営業がんばって、指名を増やして……でも、偉くなると支出も増える。生活水準の高さも、銀座だとホステスの場合、商品価値のひとつなの。だから仕送りをしながら、いい服、いい靴、いい鞄《かばん》、いい着物を買った。そのせいで、残ったお金はほとんどなし。働いても働いても、いい暮らしをしていても、常にお金に追われていた。だから重森に愛人の口を紹介されたとき、一も二もなく飛びついた」

窓ガラスに頭を預ける響子を、青い月が照らしている。

窓からは、月夜の海に小舟が浮かんでいるの見えた。

しかし、響子の瞳は小舟ではなく、もっと遠くを——銀座時代の自分を見ているようだ。報道では華やかな愛人生活を送っていたように聞こえるが、それを語る響子の口調は苦かった。

「お手当が出て、秘密を守って、デートして、抱かれる。いい暮らしだったと思う。あなたみたいに病院やお店の掃除をして汗を流して仕事している人から見れば、腹の立つ話よね」

「……そんなことないですよ。選ばれなきゃできない仕事です。才能と努力がないと、そこまでいけないじゃないですか」

響子が孝史に目を向けた。そこには驚きが浮かんでいる。

「……父は、わたしの仕送りのお金で借金返済を終えたら、体を売って金を稼ぐような娘は帰ってくるな、と言ったのよ。本当は、自分では返せない額をあっさり数年で返した娘に嫉妬していたみたい」

孝史は無言になった。

借金返済を手伝わせてそれはないだろう、と思いつつ、娘が自分を超えてきたことにプライドを傷つけられたであろう親の複雑な心境も理解できないわけではなかった。

孝史だってプライドなくやっているように見えても、やはり他人が自分より業績がよければ嫉妬せずにはいられない。

響子の父の場合、水商売であれ、娘が自分の借金をあっさり返済したこと、そして、それに頼らなければならなかった自分への情けなさが、言葉となって出たのだろうか。

「楽な仕事といえば楽な仕事になるのかもね。でも、二年前に愛人契約していた相手が目の前で心臓発作を起こして終わり。勃起のための薬は、心臓に負荷がかかるから。

大学生だったときに、心肺蘇生法を習っていたから対応できたけど」

　自分よりはるかに稼いでいたことも衝撃だが、愛人契約中の生々しい話になると、孝史は足下がぐらついた。

（勃起のための薬……って相手は高齢だものな）

　報道では、相手の政治家は六十八歳。ほぼ七十歳だ。たしかに、勃起力は衰えるだろう。しかし、そのことを恋している相手から聞くのはつらい。

「すぐに、近くの部屋にいた秘書さんがいろいろしてくれて、命は助かったけど……この一件は極秘になったの。政治家の健康問題は、出世にかかわるから。だから、クラブからもやめるように言われた。そして、厄介な秘密を抱えたホステスをまた雇うクラブはもうなかった。わたしも、そのころ疲れきっていたの。愛人としての暮らしをしつつ、親に、男にお金をたかられる生活に。だから、誰にも行き先を告げずに、旅に出て……汐磯町に落ち着いたのよ。すべて捨てて新しい生き方をはじめたくて」

　響子はテーブルへと歩いていき、中身が残っていそうなボトルを探した。

　ウイスキーが残っているのを見つけると、瓶に口をつけて飲んだ。

「響子さん、飲みすぎですよ」

　話すたびに漂うアルコール臭で、響子がかなり飲んでいることはわかっていた。

銀座で働いていたのだから、酒も弱くはないようだが、空き瓶の量からしてそうとう飲んでいるはずだ。

足下も軽くふらついている。

「大丈夫よ。ちょっと二日酔いになるくらいよ……」

「響子さん、本当は汐磯町から離れたくないんでしょう。ずっと、あそこにいたいんじゃないですか」

孝史は響子の肩を抱いて、額と額をコツンとつけた。

「そう思っていても、いられるわけないじゃない。マスコミが押しかけるわ。魔女って呼ばれて、男に囲われたずるい女って言われて……そんな女がやっていた喫茶店なんて、前の常連さんが来れるような店じゃなくなっちゃう。あのお店を、汐磯町が好きだったら、帰れるわけないでしょ」

響子が客のリクエストに応えて、昭和のポップスや歌謡曲を流すと、老いも若きも顔をほころばせた。名物のスパゲティグラタンを食べて、懐かしい味に喜ぶ客。インスタ映えのするクリームソーダを撮って、盛りあがる若い男女。

客たちはそれぞれが、それぞれの方法で人魚を愛している。

しかし、人魚をいちばん愛しているのは、響子なのだ。

「騒ぎなんて、すぐに過ぎますよ。みんな待っています。俺だけじゃなく、三田さんも、くるみさんも、マスターも」

孝史は響子をそっと抱きしめた。

響子の香りに混じって、先ほどの男のコロンが漂う。

そして、男女の愛欲のにおいも——。

「俺は、響子さんからお金をねだったりしませんよ。ただ、いっしょにお店で働いて、お店をきれいにして、響子さんが喜ぶ顔が見たいだけなんです。俺のこの望みは、響子さんにとって、面倒なものですか」

孝史の肩に顔を預けた響子が顔をふった。

「わたしも……本当は、そうやって過ごしていたい……」

鼻声だった。孝史のワイシャツの肩——ちょうど響子の目もとがあたるところが湿っている。響子は泣いていた。

「わたしは汚れてるの。もう汚れてる。見てわかるでしょ。わたしの居場所を突きとめて、週刊誌に売ったのはあいつよ。独占インタビュー権でお金をせしめたらしいの。そのお金でいまここにいる……もうどうでもよくなって、あいつに抱かれて……」

「大丈夫。汚れてなんていない。きれいにするのが、俺の仕事です。得意分野なんですよ」

孝史は響子をベッドに座らせた。

3

孝史はまずフロントに電話して、替えのバスローブとタオルを持ってくるように頼んだ。響子は二日前にこのホテルに来てから、これをずっと着ていたようだ。

フロントからタオルとバスローブが届くと、孝史は動いた。

まずは、響子の髪を洗った。バスローブを脱ぎたがらない響子の頭だけをバスタブに入れて、シャワーをかける。それから、たっぷり泡だてたシャンプーで優しくもむようにして洗い、じっくり流した。リンスは毛先に少しつけて流した。

響子はその間も、なすがままだった。

高級ホテルだけあって、アメニティも洗面スペースも広く、充実している。

高級メーカーのドライヤーがあったので、それを使って乾かすと、髪が爽やかな香りを放つ。響子は気持ちよさそうに目を閉じていた。

「ちょっと待っててくださいね」

ホテルのバスタブは大きかった。

清掃クルーを入れていないので、バスタブには髪の毛や汚れがついている。ボディーソープの洗浄力でも、新しい汚れなら簡単に落ちる。スポンジがないので、アメニティのヘアターバンを代わりに使った。

バスタブがきれいになったところで、お湯をためる。アメニティにあった入浴剤を入れた。もこもこと泡が立ち、孝史は驚いた。ただの入浴剤ではなく、泡になるものだったらしい。

バスタブの半ばまで湯がたまったところで響子を呼んだ。

孝史も裸になり、響子を脱がせようとした。しかし、響子がバスローブの襟元をつかんで放さない。

「大丈夫ですよ、俺は平気ですから」

バスローブを肩から下ろし、そしてスリップに手をかける。

スリップは肩ひもがとれると、ストンと足下に落ちた。

「これは……」

豊満な乳房と、プラム色のバストトップ。くびれたウエストと優美なカーブを描くヒップに、整えられた叢《くさむら》。肢体の美しさは変わらない。

しかし、肌には以前にないものがあった。胸や、脇腹にはキスマークのあと、そして腹には青黒いあとがついていた。見覚えがある傷——ブラジリアン柔術のスパーリングで殴り合いはしないが、ぶつかり合いになるときがある。そんなとき、体に痣《あざ》がつく。

「見ないで」

響子がうつむいた。あごが震えている。

「誰かが殴ったんですか。あいつが……」

「いいの、いつものことだから。口答えをすると、顔以外を殴るのよ。顔はわたしの商売道具だから、傷つけない……」

「あなたは誰かの道具じゃないです……誰かに傷つけられていい存在じゃない」

響子の手をとって、いっしょにバスタブに浸《つ》かった。

孝史の膝の上に響子が乗り、背中を預けてくる。最初はこわばっていた響子の体も、互いのぬくもりを伝え合ううちに緊張がほぐれたらしく、柔らかくなった。

「体を洗いますね。ひどい汚れはないから、このお湯で十分きれいになりますよ」

孝史は手のひらを響子の体に滑らせた。

いやらしい気持ちがないと言えば嘘になる。股間は充血し、男根は響子の尻の下で反り返っていた。しかしいまは、そんなことは二の次だ。

「力いっぱい洗って。じゃないと、落ちないわ」

「傷が……痛むでしょう。それに、お湯でも十分落ちますから。気が済まなかったら、お湯からあがったあとに、ボディーソープで洗ってあげます」

腋《わき》の下、首の下、胸の下、くぼみに指を這わせて、汗を落としていく。

傷のついた脇腹をそっとなで、ヒップを両手で包む。太股へと伸ばした手は、膝を擦ったあと、また上へと戻っていく。

手のひらで汚れを落とされながら、優しくマッサージされて響子の表情が和らいだ。

「どうして、そんなに優しいの。なにもあげられないのに、わたし」

体を反転させて、響子が孝史と向き合った。

孝史の腰を太股で挟んでいるので、無毛の秘所が亀頭にあたる。

「だって、俺は響子さんからたくさん教えてもらって、いい男に近づけたんですよ。その恩返しです。俺が、少しはいい男になったから……響子さんも俺を受け入れてくれたんですよね」

響子は泣き笑いの顔になっていた。

「ばかね。いい男になったからじゃない……お人好しで見返りを求めないで、一生懸命だから……違う。理由なんてもうわからない」

孝史は、ようやく響子の目が見られた。

自分が告白するときは、自信がなくて見られなかったのが――いま、裸になってお互いの情けない部分をさらけ出すことで見つめ返すことができた。

ふたりの唇が近づく。唇が重なる――その手前で、響子がとめた。

「歯を磨いてない……お酒ばっかり飲んで、あの男に抱かれて……そんな私とキスするの、いやでしょう」

響子が恥じらっている。

愛人だったときも、銀座で働いていたときも、完璧な女としての響子しか見せていなかったのだろう。いまになって、歯を磨く磨かないで慌てる響子がかわいらしい。

「俺にシャンプーさせておいて、いまさら恥じらうなんて」

孝史は響子に口づけた。

あの男の名残があったらいやかも――そう思ったが、そのあとで響子は痛飲している。それに、こんなにもかよわい姿を見せている響子に、これ以上気を遣わせたくない。いまはただ、孝史にあまえてほしい。

響子が孝史の顔を白い手で挟んで、強く唇を押しつけてくる。

（俺に教えたときは優しさが大事って言っていたのに……）

教えた方法とは違うキスをされたのに、孝史はうれしかった。

計算のない、余裕のないキスには、気取りがなかった。

「お願い、抱きしめて……」

孝史は、響子の細い体をぎゅっと抱きしめた。

バストトップが屹立している。孝史は乳房を愛撫していないのに、響子は欲情しているのだ。

「俺も響子さんがほしいです」

みなぎったペニスの根元をつかんでうわむけると、響子の淫唇にあてた。

「来て……」

響子が微笑む。

孝史は腰を湯の中で浮かせた。熱く潤った蜜肉に、牡の傘肉がめりこんだ。

（お風呂の中でのセックスは動きがゆっくりになるせいか、快感もじわじわきて、すごく気持ちいい……）

心労と暴力で疲れているのか、響子はほとんど動かない。だから、孝史が腰をゆっくり突きたてる。

「あん……んくっ……あたたかいっ」

整った眉根に、皺が浮いた。苦痛ではない、愉悦の皺が。

「こっちもあたたかいし……締まりが……いつもよりきついです」

「あう……ふっ……うう……ほしかったからぁ……」

響子が顔をうわむけ、白い喉をさらしながら囁いた。

自分で双乳をもみ、乳頭を孝史の胸にこすりつけている。

「たった四日、離れただけで俺がほしくなったんですか」

「そうなの。あなたの優しいセックスが好き」

肌につけたキスマークは愛の証というより、響子が誰の所有物なのか示す烙印《らくいん》のように見えた。

さっき部屋を出た男は、響子を女性ではなく、モノとして見ているのだ。

そう思うと、怒りがこみあげる。

（いまは、あいつのことより、響子さんのことを考えるんだ）

孝史は響子の手をつかんで、孝史の首にまわさせた。これで密着が強くなる。

それから、たわわな白桃をつかんで、左右に大きくひろげた。

「あんっ……やだ……深くなるっ」

結合が強くなり、響子が腰を揺すぶる。それもまた快感になるらしく、背すじが何度も震える。それもそうだ。

亀頭が子宮口に食いこむほどの深い結合で、感じないはずがない。

事実、孝史も愉悦のために、しとどに先走りを垂らしていた。

「エッチなお肉が俺をくるむから、中にいっぱい先走りが出ちゃいました」

興奮か湯のせいかわからないが、響子の白玉のような耳たぶは桜色に染まっている。

「わ、わたしも、お湯の中にいっぱいエッチなお汁が出ちゃう……」

響子が孝史の首を抱く力を強める。

顔を見られるのが恥ずかしいようだ。

響子が孝史を抱きしめて、前かがみになったことで、律動がしやすくなった。バタフライのときのドルフィンキックのように、弧を描くように腰を動かす。

バチャバチャッ！

バスタブからあふれた湯が、床を塗らす。

あとの始末がたいへんだとか、そんな意識は吹き飛んでいた。

孝史は子宮口めがけて、ゆったりとした突きを繰り返す。

「あんっ……いい……あたたかくて、気持ちいいっ」

響子は孝史にふりおとされないように、しがみついている。

孝史はヒップが波打つほどの強い突きを、ゆっくり、何度も繰り出していた。

湯から出ている響子の肩や乳房が、上下動のたびに揺れる。

密着した乳首は、コリコリに硬くなっているので、乳首が孝史の胸を擦るたびに、響子はそちらでも快感を覚えているようだ。

「あんっ、気持ちよくて、燃えつきちゃいそうっ」

響子のよがり声があがる。

声が大きかろうが、もうかまわない。照れや、戸惑いはここに来る途中で捨ててきた。孝史はこの夜にすべてを賭けなければ、響子を失う気がしていたのだ。

(抜き挿しといっしょに、ここに触れたら……)

孝史はつなぎ目の上にある、女芯に親指を押しあてた。

「あふっ」

響子が肩をこわばらせ、のけぞった。

孝史の腰を挟む内股に力が入り、動きがとまる。

蜜肉の愉悦に女芯からの鋭い快感が加わり、イッたようだ。

(響子さんが感じてる……つらいことを、いまだけでも忘れてほしい)

孝史は、右手の親指を女芯にあてたまま、律動のピッチをあげた。

バスタブの湯があふれ、その水音に合わせて響子のあえぎ声があがる。

「あん、いい、いいっ、すごくいいっ」

響子の腕が汗ばんでいた。

孝史もまた、額から我慢の汗が滴り、目に入った。目の痛みは僥倖《ぎょうこう》だった。

(響子さんがいままでいちばん感じてる。そのせいで、締まりがすごい)

汗が目に入ったために、痛みで気が散った。それがなければ、射精していただろう。

しかし、この快楽では足りない。響子がすべてを忘れるくらいの快感を与えたい。

孝史は、歯を食いしばって腰の上下動のテンポをあげ、ペニスで奥を突くたびに、子宮口を狙った。

快楽の高みにのぼりつつある女体は体温をあげ、蜜肉の締まりを強めてくる。

「いい、イク……孝史くん、わたし、イクッ……」

響子が大きくのけぞって、動きをとめた。

「俺も……」

孝史は最後に強いひと突きをズンッと放ち、響子の膣肉に白濁を注いだ。

注ぎきったのだが——剛直は力を失わない。

廊下ですれ違った男の姿が頭をちらついた。

（あの男をどうにかしなきゃ。でも、その前に、つらかったことを忘れさせたい）

嫉妬と愛情が入り交じっていた。いままでは純粋に愛情で屹立していたペニスに、複雑な感情が送られていた。

「ぜんぶ出たのに……硬い。すごい……」

響子の目もとが、酔いと欲情で赤くなっている。

彼女もまた、愛情の確認だけでなく、刹那の快楽で心の痛みを捨てたいと思っているのだろうか。

目と目を交わすと、互いの思いが通じ合った気がした。

響子が結合をほどいて立ちあがると、バスルームの壁に手をついた。そして、ヒップを孝史に向ける。

泡のついた白いヒップ。そのたわわな白桃の割れ目には薄紅色の肉裂があり、そこからは孝史の樹液が滴っていた。

「また来て……今日は、朝まで抱いて……」

響子のしどけない姿を見て、拒否することなどできない。

孝史は反り返ったペニスをあてがって、背後から響子の中に入った。

（前にバックでエッチしたときよりも、きつくなってる）

感情と興奮が、女体にこれほど影響を与えるのかと孝史は驚きつつも、負けじとペニスを往復させた。

グチュ、チュ、パンッ、パンッ！

浴室は音がよく響く。

「う、あんっ、あんっ、きつい、奥がきついのっ」

男女の交合音と、響子のあえぎがバスルームを満たす。音が、そして入浴剤のフローラルの香りの合間から漂う動物めいた白濁液の匂いが、ペニスをくるむ肉壁の熱が、腰にあたるたわわなヒップの反発力が、孝史をせきたてる。

もっと、深い快楽を貪れと——。

「優しく動きたいのに、とまれないっ」

湯に浸かって汗を流したのに、また体は濡れていた。

体を拭かずに湯から出たら冷えそうなものだが、欲望の力はすさまじく、体温は下がらない。いや、下がらずにあがっているような気もする。

「いいの、今日は激しいあなたを見せて……孝史くんのすべてを見せてっ」

響子は、切れぎれの声で答えた。

孝史はその声に励まされ、響子の双乳を背後からつかんだ。そして、抜き挿ししながら、乳房をもむ。

「ふん……んんっ」

大理石の壁に手をつきながら、背後から突かれる響子が、鼻にかかったあえぎ声をあげた。ペニスで快楽を味わいながら、性感帯を刺激されたときの声だ。

そんなに多くベッドをともにしていないのに、どこをどうすれば響子が感じ、そして感じたときにどんな反応をするのかがわかっていた。

(不思議だ……女の人の心がいままでわからなくて苦労したのに、響子さんがどうしてほしいか、どんなふうに感じているかはすぐわかる)

響子が望んでいるであろう、乳頭への愛撫を指先ですると、上半身のしなりが強くなる。背骨のくぼみがくっきり浮くほど、背すじに力が入った。

強く感じている証だ。

「バックで突かれると……おかしくなっちゃう、あふっ、ふっ」

ペニスを引くと、愛液とともに、先ほど自分が放出した白濁が出てきた。そして肉薔薇にからみついてから、泡風呂の中に落ちていく。

牡くささに混ざって、濃厚な女体のアロマがする。

（もしかして、ここから出ている白いのは、俺の精液だけじゃなくて、本気汁……）

女性が本当に感じると、透明な愛液ではなく、白く濁った愛液に変わるのだという。

濃厚な匂いやこってりとした質感は、愛液とは違っていた。

童貞だった孝史にセックスを教えた響子を、ここまで感じさせた歓喜が肉茎に力を送る。

乳頭をつまんだまま、はじけるような音を立ててピストンを放つ。

「ひっ、ほっ、はううっ、うううっ、いいっ、いいっ……」

白い尻がヒクつく。孝史は裏スジでGスポットを擦るように抜き挿しした。

パン、パン、グチュ、ヌチュ！

響子の太股を内奥からあふれた愛欲液が伝っていく。

「また締まりがきつくなる……どこまできつくして……俺からどんだけ精液をとるつもりですか」

「体が燃えつきるくらい、してっ、してっ」

響子がふり返り、唇を求めてきた。

孝史は、ねっとりと舌をからませながら、突きあげのピッチをあげていく。

「むう……むっ……うううっ」

響子の眉間の皺が深くなる。

孝史は片手を乳房に、片手を結合部にまわした。そして、女芯を指で優しくさする。

「ひ、ひくっ……うく……イクうううっ」

ヒップがブルブル音を立てて左右に揺れ、肉壺のほうでは内奥に導くように柔肉が蠢《うごめ》く。

「おお……俺も、また出るっ……出るっ……」

一度放出したら、二度目は長くもつはずなのだが、響子の蜜肉の官能的な動きに、孝史のペニスは陥落した。ドッドッと音を立てて、尿道口から樹液が噴き出す。

「熱いお汁で、またイクうう……」

響子の膝から力が抜けた。孝史もそれに合わせて力を抜き、結合したまままたバスタブの中にふたりで入る。

「体の相性も、心の相性もバッチリで怖い」

快楽の海をたゆたう、響子の瞼《まぶた》が伏せられていた。

色っぽい横顔を見て、孝史は頬に口づける。

「怖い……最高じゃないですか。汐磯町に戻って、ふたりでいっぱいエッチしながら、人魚で仕事しましょうよ。みんな、待ってますよ」

「無理……それは無理よ。孝史くんがわたしを受け入れても、みんなに――あなたにもまた迷惑をかけるのは間違いないから」

「いやですよ。離れたくない。いまだって、つながったままですよ……それなのに、そんな残酷なことを言わないでください」

「傷を見たでしょう。週刊誌を見たでしょう。大きな金がからむと、ろくでもない人間がまつわりついてくる。わたしにとって、汐磯町は大事な町なの。人魚のお客さんも、三田さんも、マスターも、くるみちゃんも……」

肉棒が女体の中で力を失い、蜜肉から抜けた。

孝史は一縷《いちる》の望みを託して響子を見たが——彼女の瞳には、強い意志が宿っていた。

「それが、町のみんなを守るための結論ですか。あなたは強いって言っていたのに」

「違う……わたしは臆病で卑怯《ひきょう》なの。汐磯町でのいい思い出だけを持っていきたい。つらいことばかりだった人生で、それを忘れさせてくれた町と人……そのだけ持って逃げたいの」

孝史は口を開きかけてやめた。

臆病なのは、自分もそうだからだ。そして、自分のよい面だけを覚えていてほしいという願いが痛いほどわかった。

スキャンダルの中心人物のひとりだったのなら、噂が吹き荒れたらどうなるか、人の見る目がどう変わるかが身に染みているはずだからだ。

「俺のことはどう思ってるんです。あのとき、好きだって……」

「ずるい女なのよ、わたし。あれはノリで言っただけ。雰囲気がよかったから、それだけよ」

それが嘘だと思いたかった。

けれど、響子の言葉は孝史の心を砕いていた。

第五章　そして僕は途方に暮れる

1

「やっぱりさ、いたんだ、あの魔性の女、汐磯にさ」

　プリントアウトされる定期清掃の仕様書をプリンタの前で待っていた孝史に、久住が声をかけてきた。サッカーで声を出しているせいか、フロア中に響く大声だ。六十人近くいるフロアでは、みな業務を続けているが、久住の声が聞こえないわけがない。電話中の社員以外は、それとなく聞き耳を立てているようだ。

　孝史は花をちらっと見た。こちらに視線を向けることなく、モニターを見ながら、電話をしている。

「そうらしいですね」

孝史は仕様書をとって自分の席に戻る。久住は、なおもついてきた。

「週刊誌にさぁ、若い男とデートしてる写真出てたよね。ふたりとも目線は隠されていたけど、あの男のほう、松本じゃない？　似てると思うんだよね、俺」

どうして久住は、この件にこれほどこだわるのだろう。

孝史は面倒になって、無視した。

「答えないってことは、イエスってことでいいのかな」

席について、中身をチェックしていた孝史は顔をあげた。

「久住さん、どうでもいいじゃないですか。他人事《ひとごと》ですよ」

「他人事だけどさ、こんだけ話題になった女が同僚のそばにいたって話のネタになるから」

チェック用に持っていたボールペンの先が震えた。力が入っている。

報道は加熱していた。一国の総理候補の愛人だった美女。しかも、その政治家が腹上死寸前だったところを措置して救ったことも話題になっていた。

そこまでできたのは他国からのスパイだからなのでは、という陰謀めいた噂まで出ている。

ワイドショーでは愛人としてどれだけ多額の金額を受けとっていたか報道していた。週刊誌では、総理候補を腹上死させかけた女のベッドテクニックはどんなものかを妄想して書きつらねている。

「ネタになるから、俺のプライベートまで詮索するんですか」

汐磯町に来る前の孝史なら、内心反発を覚えていてもおとなしく答えていただろう。

——そうですよね。政治家の愛人だった女の人ってどんな人か興味ありますよね。

そんなふうに。

しかし、いまは答える気にもならなかった。

「やっぱりさ、松本なわけ、あの女とデートしてたの。彼女にたかられた？　それとも、おごられた？　どっち」

汐磯町の響子ファンクラブこと、人魚常連陣なら氷の入ったトロ箱を逆さにして、久住の頭からかけるだろうな、と孝史は思った。それを想像してこらえる。

ここで怒れば、騒ぎになる。

ホテルに呼び出されたあと、門来でマスターや三田さん、くるみとまた集まったときに、響子が戻ってこないこと、そして汐磯町を大事に思っていることを伝えた。

そこで、みなで話し合ったのだ。騒ぎを早くおさめて、響子が帰ってきやすくしようと。そのために、町の面々もマスコミに反応せず、おとなしくすると決めた。

（騒ぎにすれば、響子さんが悲しむだろ。我慢だ）

孝史は仕様書に漏れがないかに集中しようとする。しかし、横でずっと久住がなにか話しているので難しかった。

ただでさえ、心が砕けてつらいのに、どうしてそっとしておいてくれないのか。

その怒りが、孝史の中で大きくなってくる。

「彼女、元とはいえ、一流のホステスだったんだろ。うらやましいよな。俺のかみさんなんて、サークルの後輩だからさ、普通なんだよな。ファッションも顔もそこそこで。でもまあ、普通がいちばんか。どうだった、つきあっていて疲れた？　そうだろ。プライド高そうな顔してるもんな、あの女」

「響子さん、だ」

「は？」

「あの女じゃない。あの人には響子って名前があるんだよ。知りもしないくせに、グダグダうるさいんだよ、久住さん」

フロアが静かになった。電話をしている者ですら、声をひそめている。

複合機が稼働して紙を吐き出す音だけが響いている。

「ムキになるってことは本当なんだ。で、あの女っていうか、A子の名前は響子っていうんだ」

名前を突きとめたのがうれしいのか、久住はすぐにスマホに打ちこもうとした。

それをとりあげて、孝史は自分の机にたたきつけた。

「久住さん、俺が……というか、汐磯町のみんなが知っている響子さんは喫茶店の店長の響子さんです。銀座の一流ホステスだとか、そんなの誰も知らなかったし、知らなくてもよかったんですよ。どうしてか、わかりますか。響子さんは店長として最高だったからです。うまいコーヒー淹れて、ランチ作って、客が好きそうなレコードかけて、それで十分だったから。あの空間が居心地いいから、地元の常連がいたんですよ。彼女がふりきった過去をほじくり返して、久住さんみたいに面白半分で拡散する人がいるから、いつまでたっても終わらない。久住さんは意識してないかもしれませんけど、あんたが軽い気持ちで響子さんのことを投稿すれば、そのぶん騒ぎは続いて、町全体が迷惑するんです。たかが指先ひとつのことだって軽く考えないでくださいよ」

「なにマジになってるんだよ。だって、もとはといえばあの女が起こしたことだろ」

「響子さんだ。さん、つけろ」

孝史は久住のネクタイをつかんで、自分の前に引きよせた。身長は久住のほうが高いが、ブラジリアン柔術を続けたおかげで、腕力は確実についている。

「女にたらしこまれて、まじめな松本が変わっちまったよ」

久住は青ざめつつ、先輩風を吹かせる。

「変わりましたよ。あんたみたいな人が、ばかみたいなことをヘラヘラ言っているのに、言い返せる程度には強くなりましたからね。久住さんこそ、どうなんですか。自分は清廉潔白ですか。奥さん以外に恋人は。まったく浮気しないでいるって自信があるからそうやって言えるんですよね。ひとつ残らず嘘はついていないって言えるんですよね」

孝史は久住と鼻と鼻が触れ合う寸前まで顔を近づけている。

恋している相手とだったら、キスの距離。怒りを覚えている相手とだったら、ガンを飛ばす――にらみ合う距離だ。

(くるみさんの教えが生きてるな)

くるみは神奈川西部で有名なヤンキーだったらしく、ステゴロでも負け知らずだったらしい。そのくるみがはじめて負けたのが、キックボクシングのアマチュアチャンピオンで、そこからキックボクシングに勝てそうなブラジリアン柔術をはじめたとのことだった。
なので、くるみは孝史にブラジリアン柔術とステゴロ技術を教えていた。
久住の目が泳ぐ。にらみ合いでは、孝史の勝ちだ。
「もちろんだろ。俺が浮気するような男に見えるか」
明らかな嘘を、久住は堂々と言った。
孝史は薄く笑った。相手の嘘を引き出した。
「最低だな」
久住にだけ聞こえるように孝史は囁いた。
ガチャン。
フロアに響く音を立てて、花が受話器をたたきつけた。
そこに、彼女の気持ちがこめられていた。
久住の顔が青ざめる。孝史は頭を冷やすために、フロアから出ていった。

喫煙所には誰もいなかった。
いまごろ孝史のいなくなったフロアでは、同僚たちが久住と孝史の会話について話したり、響子の記事を検索したりしているのだろう。

自動販売機でジュースを買うと、孝史は喫煙所に入った。

孝史は煙草を吸わないが、喫煙所は好きだ。廊下から仕切られて、目隠しされているので落ち着ける。先客がいないときに、ひとりでこもることが多い。

炭酸入りのオレンジジュースを開けた。炭酸の抜ける音とともに、オレンジの香りが漂う。

(人魚はフロートの種類が豊富なのも人気だったな)

メロンソーダに、ハワイアンブルーソーダ、コーヒーにコーラ、それにオレンジソーダ、それらがすべてフロートになった。

人魚のオレンジクリームソーダは、足つきのグラスに四角い氷をたっぷり入れて、オレンジソーダをグラスの縁ギリギリまで注ぐ。その上にバニラクリームを乗せ、グラスの縁にはスマイルカットしたオレンジをそえていた。

孝史はオレンジクリームソーダが好きで、よく注文した。

目を閉じると、人魚の光景が瞼の裏によみがえる。

好みのジュースで作られたかわいらしいクリームソーダを見て喜ぶ客たち。それを微笑ましく見守る常連や、マイペースでランチを食べる客。様々な客を包んでいたのが、喫茶店人魚、そして響子だった。

孝史はスマホをとり出して、響子のニュースを検索した。五分前に、アップされた記事が目に留まった。

「愛人激白――職業として愛人をしただけ」という記事だ。

震える手で、そのタイトルを押すと、記事にジャンプした。

インタビュー記事のトップに目もとにラインが引かれている写真が載っていた。知っている者なら、ひと目で響子とわかる写真だ。襟元が開いた白のワンピースに、ツイードのショートジャケットを羽織っている。どちらも、ファッションにうとい孝史でも知っている有名ブランドのものだ。

人魚で会っていたときとは放つオーラが違う。これが銀座のホステス時代の顔だったのか。

インタビューでは、元総理との関係について堂々と語っていた。

ベッドではどうだったか、愛人時代はどんな暮らしだったか――。

読者が知りたい情報がそこにはあった。

語っているのは響子だ。しかし、そこに彼女の意志はあるのだろうか、と孝史は思った。読者が聞きたがる話をしているようにしか見えなかった。

記事の中の響子は、庶民の知らない権力と金の世界、ブランド品が周囲にあるのがあたりまえの世界、愛も金で買える世界、そして美女の愛を買うのには多額の金がいる世界を語っていた。

孝史は、耐えきれなくなって画面を閉じた。

(夢を見せてもらった……そう思えばいいのか)

いま飲んでいるオレンジジュースの明るい色は、響子と過ごした輝いた季節を思い起こさせた。炭酸の爽やかさとジュースのあまさが、きしみをあげる心と体にしみる。

「いいかな」

声をかけられて、孝史は喫煙所のドアが開いたことに気づいた。

花がポーチを持って立っていた。

「すいません、さっきはうるさくしちゃって」

「煙草、吸っていいよね」

花はポーチの中から加熱式タバコをとり出し、吸い口をくわえた。

「私のことは気にしなくてもいいですよ。それより、松本さんのほうがたいへんなんじゃないですか」

ふーっと煙を吐き出した。

「煙草、吸ってたんですね」

「彼とつきあったのも、喫煙所でいっしょに煙草吸って話すようになったから。なのに、つきあったとたん、キスがヤニくさい女はいやだって、やめさせられたの」

孝史は久住の身勝手さに呆《あき》れた。

「フロアにはまだ戻らないほうがいいと思う」

花がぽつりと言った。

「でしょうね……」

フロアが落ち着いたころに戻って、そそくさと取引先に出向こう。

「でも、すっきりした。私が好きだった男が、あんなのだってわかってよかった……わかってたんだよね、都合のいい女でしかないって。でも、松本さんに久住さんとのつきあいをやめろって言われたときは、図星だったから頭にきちゃって、言い返しちゃったけど」

もう、潮時だね。

そう言った花は、笑顔でのびをした。

「今日は加茂《かも》病院さんでしょ。現場の人たち待っているから、早く行ったほうがいいよ」

花は立ちあがり、喫煙所のドアを開ける前に足をとめた。

「ありがとう。おかげで、悪い男から離れられそう」

2

「なにやってのよおおおおおおおおおおっ」

門来にくるみの怒声が轟《とどろ》いた。

「なにって、響子さんを魔女にしあげる風潮にカウンターを放っただけで……」

ここが門来でよかった。道場だったら、間違いなく腕を固められている。

マスターは心を落ち着けるために酒瓶の位置を微調整し、三田さんはニヤニヤしながらスマホの画面と孝史とくるみとを見比べている。

今日の三田さんはどこで買えるか謎な「くま」というロゴが入ったトレーナーを着ていた。

「だからって、孝史っちが出てどーすんのよ。ややこしいのがよけいややこしくなるじゃない」

パステルカラーのつけ爪をした手で、くるみがスマホの画面を突き出した。

画面には、首から下だけにカメラを向けられた、スーツ姿の男性が映っている。

——ですから、あの喫茶店は買いとったものではなく、彼女は雇われ店長としてお仕事されていたんです。

映っているのは孝史だ。

響子のことでヒートアップしていたメディアは、孝史が取材に応じると言うと飛びついた。ただ、放送前に編集したものを見せること、そこで放送するかしないかの権利を孝史に与えること、という主張を受け入れたのは一社のみだった。

ウェブを中心に活躍するニュースメディアで、それほど有名ではない。

それでも構わなかった。

本当の響子の姿を届けたい。汐磯町で静かに暮らしていた彼女の——。

——銀座時代の話も聞きました。みなさんが思うような暮らしではないです。ほとんどが仕送りと、当時つきあっていた男性にとられていたようですから。

——デートの写真ですか。お世話になったお礼に僕がおごったんです。

ディレクターは、総理を腹上死させかけた魔性の女としての響子よりも、ヒートアップしたいまだからこそ、実像をとらえた情報に価値があると考えたらしい。他社と違う角度で光をあてて、情報の差別化を図ったのだ。

その狙いはあたった。

孝史のインタビュー動画の再生回数は、そのニュースメディア最高の数字をたたき出し、転載の許可をとった民放のワイドショーでも流れはじめた。

「くるみちゃん、その辺にしときなよ。松本さんのおかげで、報道の流れも変わったんだし」

三田さんの言葉に、くるみも腰を下ろした。

「まあ、そうなんだけどさ。でもねえ、だからって自分が矢面に立たなくてもいいじゃん」

「松本様、くるみが怒っているのは、松本様のことを心配してのことです」

マスターが抱かれたくなるような低音ボイスで助け船を出す。

「わかってますよ。だから、怖かったけど……うれしかったです」

「ちくしょう、かわいい弟子なんだからっ。キョンさんのカレシじゃなかったら、あたしが手を出してたわ」

くるみが孝史の両方のこめかみに、拳をあててグリグリしている。

照れているときにやるのだが、これがけっこう痛い。

「か、カレシじゃないですよ。いっしょにいられないって言われてるし」

孝史は、こめかみの痛みをこらえながら言った。

「カレシでしょ」

「カレシですね」

「じゃあ、仲人は私が」

くるみとマスター、そして三田さんの言葉が重なった。

「カレシじゃなかったら、呼び出したりしないっしょっ」

「それは、人魚のことを頼むって……」

「電話で済む話を呼び出してした女心わかれっつーのっ！」

くるみの拳に力が入る。

「あいたたたたたっ」

痛みに悶える孝史の視線の先に、ドアがある。そこが開いた。

「あの……」

顔を出したのは、黒木花だった。

「いらっしゃいませ。いまはちょっとだけ騒がしいですが、すぐにおさまりますよ」

マスターが包みこむような笑みを向け、魅惑のヴェルベットボイスで花を誘った。

「黒木さん、どうしてここに」

「会社で啖呵《たんか》きったとき、松本さん、汐磯町のことをすごく褒めていたでしょ。電車で一本だし、会社帰りに寄ってみたの。町を歩いていたら、松本さんの叫び声が聞こえて」

それで店のドアを開けたのだという。

「お店は……やってます？」

「もちろんです」

マスターは気ぜわしげに瓶の位置調整して心を落ち着けるモードから、バーテンダーモードに戻ったようだ。背すじを伸ばし、頼もしげな表情を浮かべる。

入口そばの、みなから離れた席に座った花に、マスターがおしぼりを出した。

「なにになさいますか」

「看板に出ていた、魔法のジン・トニックをひとつください」

マスターがライムを切って、準備をはじめた。

「もしかして……」

くるみが花を見て孝史に囁く。

孝史は、それ以上言うなと目で合図した。しかし、くるみはものの見事に勘違いした。

「孝史っちがふられたの、この人だっ。たしかに、色気のあるいい女だわ！」

孝史は頭を抱えた。

花は自嘲ぎみに微笑む。

「私は松本さんに見合う女じゃないですよ。松本さんは私にふられてラッキーだったと思います。私は男を見る目がない、ダメ女なんですよ」

「男で失敗したの。大丈夫。失敗してなんぼじゃーん！」

さすが、くるみ。フットワークが軽い。

すでに花の隣に移り、体を近づけている。

「大丈夫。私は男と女、どっちでも失敗してるけど、いまはハッピーだから！」

しかも失敗のレベルが幅広いことをさらっと言ったうえに、幸せアピール。

「どっちでも？」

「そう、どっちでも」

スナック勤務のトークスキルか、生来の性格かわからないが、ガードの堅そうな花に入りこみ、話しこんでいるのがすごい。

「当店自慢のジン・トニックです」

マスターがコースターの上にジン・トニックを置いた。

孝史がいま飲んでいるものだ。

はじめて味わったときの感動と、それから酔って醜態をさらしたこと——そこから、響子と関係ができたことを思い出した。

ほんの数カ月前のことなのに、はるか昔のように思える。

胸が痛い。砕けたハートを、パズルを組みたてるようにして継ぎ合わせたが、まだもとには戻っていない。

もとに戻るのは、新しく恋に落ちるか、この心を響子に受け入れてもらうかだろう。

マスター特製のジン・トニックはライムの絞り方に工夫が凝らされて、苦みはないはずなのに、追憶が味覚に影響したのか、少し苦く感じた。

ドアベルが鳴った。

もしかしたら——。

孝史が期待をこめて、ドアに目を向けると、そこには男が三人立っていた。

そして、そのうしろにうつむいた響子がいた。

アップにしたヘアスタイルに、体のラインがハッキリ出る白いミニのワンピースだ。谷間が見えるほど胸もとが深く、スカートはかなり短い。足の長さを強調する黒のハイヒールに光沢のあるストッキングをはいている。

煽情《せんじょう》的な姿だが、響子の美しさを引き出しているとは言いがたい服だ。

むっとするコロンのにおいは、響子を食い物にしている重森のものだろう。

重森が着ているのは高級そうなスーツだが、手入れされていないために皺が目立っている。

その背後には、贅肉の代わりに筋肉がみっしりついたジャージ姿の男がふたり立っていた。

ひとりは白の、もうひとりは黒のジャージを着ている。

「ねえ、おばさん、この店に小泉響子って女の恋人だって言いはってる男がいるらしいんだけど、どいつよ？」

「口のきき方がなってないねえ。聞きたいことがあるのなら、礼儀正しく聞きなよ」

一瞬、誰が言ったのかわからなかった。あまりにも低く、ドスのきいた声だからだ。

スツールをまわして、重森のほうを向いたのは三田さんだった。

それから、

「響子、おかえり」

重森の背後に隠れるようにして立つ響子に、いつもの声で話しかけた。

「おばさんは関係ねえだろ」

「関係あるよ。響子の面倒を見ていたのはあたしなんだから。それに人魚のオーナーはあたしだよ。あんた、金めあてでまたややこしいことしてくれたねえ。こっちだってあんたのせいで休業させられて、大損害なんだ」

大家にして、人魚のオーナーにして、農家の三田さんしか知らない孝史は混乱した。乱入してきた男たちに驚いたのもあるが、それより三田さんだ。ドスのきいた声に、孝史はすくみあがっていた。

(素人……だよな)

トレーナーにスパッツ姿でも威圧感がある。ただ者ではないのかもしれない。

「それは、おばさんがこんな流れ者を雇うからだよ。今度からは、素性のちゃんとした女を雇えばいいだろ」

重森が響子の肩に手をまわした。

「やめてよ。こんなことしたって無駄だから、帰りましょう」

響子が重森に訴える。三田さんは、ふたりに向けて口を開いた。

「あたしは、全部知ったうえで雇ってるんだよ。騒ぎが起こるかもしれないってことも織りこみずみさ。ただ、週刊誌に響子を売ってまで金をせしめようとする男がいたのは予想外だっただけだ」

孝史と花は三田さんの変貌に目をまるくしているが、マスターとくるみは表情を変えていない。

「ねえ、あんた、あんたが用あるの、そこにいる、孝史っちでしょ。そっちと話したら」

くるみが親指で孝史を示した。

孝史は、くるみに裏切り者、という視線を送るが、くるみはフッと笑った。

(そうだよな。俺と話をつけにきたんだ……俺が三田さんの代わりに話さないと)

汐磯町に来る前の孝史なら、こんな場に遭遇したらどう逃げるかだけを考えていただろう。しかし、響子を通して様々なことを学んだ。

逃げることも、もちろん考えている。

それと同時に、マスターのように穏便に話でおさめる方法や、くるみから習ったブラジリアン柔術でどうにかする、という算段もつけてある。

(経験すると視野がひろがるんだな……)

改めてそのことを思い知る。

「僕が松本です。店の中だと、ほかのお客さんにも迷惑がかかります。、外に出て話をしませんか」

「孝史くん……よして。この人たちはあなたに、仕返しに来たの。危ないわっ」

響子が孝史を見て、首をふる。その響子の腕を重森がつかんで、店の外に出した。よろけた響子が、店の前で倒れる。

「響子さんっ」

孝史が駆け出すと、重森が孝史の腹に向けてパンチを繰り出していた。避ける間もなく、腹にまともに食いこんだ。えずきそうになりながら、響子へと近づいていく。

「大丈夫ですか」

響子に声をかけた。つまずいて転んだようだが、頭は打っていないようだ。

「逃げて……孝史くんが出た動画のせいで、私へのインタビューが減って、あいつ、怒ってるの」

孝史の首に太い腕がまわされた。白いジャージの男だ。

首が締まる。孝史は立ちあがって白いジャージ野郎のバランスを崩した。腕の力が少し抜ける。その隙に腕をとって背中にまわった。腕をねじりあげられた白いジャージ野郎が、痛みで悲鳴をあげる。

「やっちまえっ。はずしても、あたしが入れとくから！」

くるみが声をかける。

アドレナリンがみなぎった。

(仕方がないよな……ごめんなさいっ)

ゴキュッという音が聞こえた気がした。

白いジャージの男が悲鳴をあげて転げまわった。右腕はだらりと垂れ下がっている。脱臼したのだ。

黒いジャージ姿の男が、ポケットから特殊警棒を出して、軽くふって伸ばした。

男はふりかぶらずに、腰を低めにしてこちらの出方を待っている。

(ひとりめは運よく抜け出せたけど、まだブラジリアン柔術はじめて半年も経ってないのに、武器持ちの人となんて無理だよ)

泣き言が漏れそうになる。だが、体は道場でスパーリングをするときのように、腰を低くして、相手を迎え討つ姿勢を保っていた。

男が警棒を突き出す。様子を窺っているようだ。右、右、左、右。不規則に突き出される警棒を交わしながら、相手の狙いを読む。

(殴って俺の動きをとめるつもりなのか、それとも)

ふりかぶれば、タックルされると考えた男は、突きを出すとともに距離を詰めて、孝史の足に警棒をふり下ろす。関節はまずいと思った孝史は、前に出て太股を打たせた。勢いを殺したとはいえ、痛いのは痛い。だが、アドレナリンのおかげか、痛みはさほど感じない。いまは、ただ動くことだけを考えている。

足を踏み出し、男の右脇に頭を入れると、そのまま足を抱えて押し倒した。倒したところで、押さえに入る。

「喧嘩《けんか》は試合じゃねえんだよ」

重森の革靴が孝史の顔を捕らえていた。

鼻が熱くなる。熱さの次には鉄くささ。そして両鼻穴から、熱い血が滴った。

重森がまた足をふりあげ、孝史の顔を踏みつける。血がアスファルトに散る。

これ以上蹴りをくらったら、さすがにまずい——。

「気が済んだでしょ。やめてっ」

響子が重森にすがりついた。重森は響子を押しのける。響子が道路に転びそうになるのを、店から出てきたマスターが受けとめた。

「きょうごさんになにをするんだよっ」

孝史がタックルを重森にかけた。そして、腕を固める。練習でくるみにさんざんかけられた三角絞めだ。

重森が痛みで唸《うな》り声をあげた。

そこに――。

「ステゴロ知ってるような口きくんじゃねえよ」

肩までの金髪にキャミソール、ミニスカート姿にクロックスのくるみが、重森の横に立った。そして、クロックスを重森の顔に押しつける。

「なにずる……うぎ……ぐぐう」

「あんたがさっきやったことのお返し。因果応報だよ。ばーか。喧嘩は試合じゃないからさ。あたしがこうやってもいいんだよ。勝てばいいんだから、喧嘩はさ」

パキッ。

軽い音だった。

「鼻いっちゃったか。つーても、孝史っちにあんたがやったこととといっしょだから、恨みっこなしね。喧嘩売ってきたのもあんたらだし。もし、また汐磯でなんかやるっつーんなら、努練怪羽武《ドネルケバブ》のOGがお礼しに行くから」

足を下ろしたくるみは、あー、クロックス汚れた、とぼやいている。

鼻を踏まれた重森は、両穴から鼻血をこぼしていた。

「松本様、こちらの紳士は降参のようですよ」

孝史は夢中だったが、三角絞めをされていた重森が孝史の足をタップしていた。技をそろそろとはずして、重森の様子を窺う。重森から戦う意志はなくなったように思えたが――黒いジャージの男は違った。男は特殊警棒を拾い、孝史の頭を割ろうとふりかぶる。

「いけません。終わりにしましょう」

マスターが特殊警棒を持っていた。

孝史も、ジャージの男も状況が呑みこめない。

警棒が瞬間移動したようだ。魔法などないのだから、マスターが早技でとったのだろう。

「なにしやがる」

男がマスターに殴りかかる。

「痛みがなければ、引き下がる気になれないとは。引きぎわが大事ですよ。では、怪《け》我《が》がいちばん少ない方法でお相手しましょう」

マスターがいきなり男の頬を平手打ちした。

「うぎゃっ」

男の体が吹き飛んだ。そして、そのまま動かない。気絶したようだ。

響子が孝史にティッシュを手渡した。ティッシュで鼻を押さえながら、孝史は、

「なんだ……これ……」

と呟《つぶや》いた。

「兄ちゃん、昔は銀河暗黒皇帝《ギャラクシーブラックエンペラー》ってチームの頭で喧嘩じゃ負け知らずだったんだよね。それが米軍にいたガイルってやつとステゴロして負けてさ。それでチームから足を洗って……んで、いまは健康法としてシステマやってるんだよ」

くるみがクロックスの底についた血を道路のわきになすりながら言った。

システマ？

たしか、軍隊格闘術からできたマーシャルアーツでは。

くるみがやんちゃだったのは想像がつくが、マスターもだったとは。

恐るべき兄妹だ。

(健康法でシステマやるっていうのも謎だけど……)

紳士然としたマスターからは想像がつかないが、血気盛んな時期があったのだろう。

「いちばん怪我のない打撃法を選んだんですが……少し強かったようですね」

マスターは気絶した男を顔色ひとつ変えずに見下ろしている。

重森は鼻を折られ、戦意喪失。肩を脱臼させられた男は痛みにうめき、平手打ちされた男はのびている。

「ごめんね……孝史くん。わたしのために、あんなことまでして……そのうえ、傷ついて」

響子が泣いていた。

「響子ざんを傷つけたのは、あいつらじゃないですか。いまだって、俺に言いがかりをつけてきたのあっちです。だから、響子さんのせいじゃない。それに、また会えたから……大好きな人にまた会えて、俺はうれしいでずし」

鼻血まみれで言うのも変だと思うが、言わずにはいられなかった。

「かっこ悪いけど、かっこいい。いい感じじゃん」

くるみがニヤニヤ笑っている。

「人魚の鍵があるから、ふたりで行きな」

三田さんが響子と孝史に人魚の鍵を手渡した。

孝史は響子の肩を借りて歩きはじめた。

3

「折れてないと思いますから、冷やせば大丈夫ですよ」

鼻血はとまっていた。孝史は氷で顔を冷やしている。

人魚の二階、響子の部屋にふたりはいた。

響子は店にあった救急箱を持ってきて、孝史の手当をした。

孝史はシャワーを浴びて、血を洗い流したあと、腰にタオルだけ巻いている。痛みどめが効いてきたので、少し落ち着いてきた。

「強くなったのね、孝史くん」

「ええ、まあ……コーチのために週五でスパーリングしたので……」

くるみは汐磯町の道場ではコーチのポジションで、生徒を指導するときは優しく接しなければならない。しかし、本来持っていた闘争本能を発散するには激しいスパーリングが必要だった。というわけで、孝史を鍛えるという名目で孝史の基礎練習が終われば、スパーリングをした。言うなれば、ほぼ毎日マンツーマントレーニングを受けていたことになる。

「くるみちゃん、いい練習相手が見つかったのね」

隣に座る響子が表情をゆるめた。

スカートが短いので、座ると下着が見えそうでドキドキする。孝史はあえてそちらに視線を向けないようにした。

（やっぱり、響子さんには笑顔が似合う）

「孝史くんの体つきが変わったもの」

響子が孝史の腹筋をなでた。贅肉は減り、腹筋が浮いている。

腹筋が浮いたのは、響子がいなくなって食事が喉を通らなくなり、痩せたからだ。

孝史が、響子の手をとった。

「俺が変わったのは、響子さんのおかげです」

「違う。変わろうとする気持ちがなければ、変われないもの。わたしは変われなかった。誰かの言いなりになってしまうところは変われない。情けない女よ」

「言いなりにさせられたんでしょう。みんな、わかってますよ。汐磯から離れたのも、人魚や町を騒ぎに巻きこまないためだって」

「そうじゃない。わたしは、わたしは怖くて……きっと、みんな嫌うってわかったから怖くて」

響子の震える手を、孝史はぎゅっと握った。

「嫌ってませんよ。俺も、三田さんも、くるみさんも、マスターも、常連のみんなも。そうじゃなきゃ、さっきみたいに助けませんよ」

響子の睫毛に涙がついていた。その涙をとるように、孝史は響子の目に口づけた。

頬を伝う涙を、キスで拭っていく。

しかし、孝史の言葉を聞いた響子の涙はとまらなかった。

「怖い……幸せでいるのが怖い」

「怖がらないで」

孝史は口づけた。

幸い、口の中が切れていなかったので、キスをしても、響子に血の味はしないはずだ。自分の痛みより、自分のせいで孝史が血を流したことを気にする彼女が心配だった。

唇をついばむ。下唇、上唇、下唇、繰り返すうちに胸が熱くなってくる。

ふたりの心は同じだったらしい。響子と孝史が舌を出したタイミングは、いっしょだった。

響子の舌が、孝史の舌にからみつく。

恋している相手とのキスは、どんな料理よりも美味だ。

涎があふれて、舌を濡らす。舌を濡らしただけでは足りない。相手と分け合うだけの量が出てきた。孝史が響子の口に涎を注ぐと、響子がうっとりした表情で飲んだ。

(うお……あれだけ痛めつけられたのに、元気になってる)

腰に巻いたバスタオルは、支柱を立てたかのように盛りあがっていた。

孝史の注意が股間に向いたのを察した響子が、バスタオルの上からペニスをなでた。

「むっ……くうっ」

鼻から声が出た。優しいタッチで裏スジが刺激され、先走りが出る。

響子が立ちあがり、ワンピースを脱いだ。ニット素材なので、背中にジッパーはないようだ。ワンピースの下には、白のブラジャーだけだ。ブラジャーから盛りあがった柔肌はしっとりとした艶を放っていた。

「お口で、させて……」

響子が孝史の股間に顔を近づける。息があたるだけで、先走りがにじみ出た。

(俺も感度があがってる……あたたかい息がかかっただけで、出そうだ)

唇が開いてペニスが呑みこまれる。

口腔と舌の感触にくるまれ、快感から鳥肌が立つ。

「あ……あああ……」

孝史はため息をついた。

唇はゆっくりと、裏スジを刺激しながら根元へと向かっていく。窄めた唇のほどよい締めつけ、粘膜のぬくもり、熱い吐息が男根に愉悦をもたらす。

そのうえ――細い指で、孝史の陰嚢を包んできた。

「おお……そこは、はじめてですっ」

声がうわずる。肛門がキュッと締まる。

「喧嘩してたときは、こんな声、出さなかったのに。いまのほうが慌ててる」

「好きな人にフェラされたら、誰だってこうなりますよ」

響子は微笑んで、頭をあげた。

チュパ……。

と、唇と唾液が立てる音をわざと出しているのだ。

音が、心地よい舌の刺激が、孝史の欲情を揺すぶる。

(響子さんに触れたい……)

孝史は、ベッドに乗るように響子を促した。

ベッドに腰かける孝史の股間に顔を埋めたまま、響子がベッドにあがって正座した。

シックスナインでお互いを刺激するのもいいが、孝史は響子の顔をずっと見ていたい。だから、響子が自分の右横に来るようにしたのだ。

孝史は手を伸ばして、太股をなでる。

片手でストッキングを尻の下までおろすと、股間に食いこむTバックを引っぱった。

「うん……むうんっ」

たわわな白桃が左右に揺れた。女体のアロマが濃くなる。

孝史は身を乗り出して、股間をのぞきこむ。白いTバックのわきから、桃色肉が顔を出している。

（エッチだ……すっごくエッチだ）

布が食いこんだ土手肉が盛りあがっているのも、眺めを卑猥にしていた。そして、その土手肉がたっぷり蜜汁で濡れていることも――。

孝史は、指をTバックの上から蜜口にあてがった。

「あむっ……ううう……」

髪をアップにして、濃いめの化粧をしているのに、響子の反応は初心《うぶ》だった。頬から耳まで紅《あか》く染めている。

「エッチな下着のわたしを見られると、恥ずかしいの……」

肉傘から口を放し、輪にした指でしごきながら響子が呟いた。そのとき、ちらっと流し目を送ってきたのだが、それがゾクッとするほど色っぽい。

経験ならきっと孝史の数倍、いや、数十倍積んでいるはずだ。

「恥ずかしがらなくても……エッチで、すごく、いいです」

「そうじゃないの……あなたに、こんな格好を見られるのが恥ずかしいの」

(俺に見られるのが恥ずかしいって、それはつまり……)

孝史の目が泳いだ。

「響子さんも、俺に見栄をはっているんですか」

「……よく見られたいもの、あなたに」

(それって、それって……)

好きってことではないのか。

孝史も聞きたかった。だが、それを聞く勇気はまだない。

(ここまで心も体も近づいているのに、どうして言えないんだ)

きっと、孝史も怖いのだ。また響子がいなくなったら、その言葉でつらくなるような気がしている。

「俺たち、ふたりとも臆病なんですね」

それがやっとだった。

響子も困ったような顔で微笑む。

「でも、今日はお互い素顔の自分でエッチしましょうよ。俺は響子さんがいなくなってから、響子さんとあんなことやこんなことしたいって思いながらオナニーしてたんです。妄想してたようなエッチ、しちゃいますから」

くだらない話だ。だが、そのくだらなさが、ふたりの間にあった緊張を払った。

「……わたしも、孝史くんがしてくれたエッチを思い出して、オナニーしたの」

うわむいた睫毛を孝史に向けて、響子が囁く。

息がペニスにかかった。

「響子さんはどんなエッチを想像したんです」

「ふふ。聞きたい？」

響子がOの字にした指でペニスを刺激している。男根は唾液と先走りで溶けかけた氷のように光っていた。

「まずはお口でイカせるの。そうすると、エッチのときに長もちするでしょ。それから、わたしが上になって、次にバック。最後は正常位で、キスしながら中に出されて。イッたって言っても、また中出しされるの」

「ハードだなあ。俺の体力を高く見積もりすぎですよ」

「でも、いけそうじゃない」

蠱惑的な口調で言われると、若竹の反りがきつくなった。興奮のため、血が海綿体に続々と送られている。

「どうかなあ」

そう言いながら、孝史は響子のTバックのわきから指を蜜口に挿入した。

んぷっ、というういやらしい音を立てて、指が女壺を進んでいく。

響子が腰を揺らす。

孝史は指を二本に増やした。そして、セックスのように抜き挿しをはじめる。

「あん……んん……むうん……」

ペニスをくわえたまま、官能のため息を響子が漏らした。喉奥からの熱い息が亀頭にかかり、先走りがどっと出る。

響子は言葉どおり、フェラチオでイカせるつもりらしい。口を上下させるピッチと、根元を締める指の動きが連動し、男の快感をついてくる。

「うおっ……響子さん、いい、いいですっ」

孝史の腰が自然と上下していた。フェラの快感に体が反応し、とめられない。

響子のヒップが淫猥な8の字を描き、そこからは女体のアロマが漂ってくる。

そそる匂いが鼻腔をくすぐり、孝史はさらに興奮した。

「あふ、指が、あんあんっ……」

抜き挿しのテンポをあげる。ピチャピチャと淫靡な水遊びの音を立てて、指が蜜口を出入りする。ただ動かすだけでなく、指を膣肉の中で少しずつ曲げていく。くの字に曲がった指で内奥をかくと、襞肉が快感で蠕動《ぜんどう》した。

「Tバックが、びしょ濡れですよ」

「むううう……ひわなひで」

眉間をひそめて、フェラしたまま響子が返す。

舌は尿道口を刺激し、ペニスを握る手の親指で裏スジを優しくなでている。

「おおお……やばい、これは出るっ」

孝史の内股がヒクついた。背すじにさあっと愉悦のさざ波が走る。

内股に力が入ったのを見た響子が、フェラのピッチを速める。急所を心得たテクニックに、射精欲が高まり——亀頭がふくらんだ。

「むちゅっ、ちゅっ、むぐっ、はむっ」

あまい鼻息といやらしい唾液音が混ざったものを放ちながら、響子に舌でカリ首や裏スジを舐められて、孝史は限界を迎えた。

「出るっ……うおお、おおおっ」

打ちこみは一発で終わらなかった。ドクッドクッと肉茎をしならせながら、たまりにたまっていた精液を響子の口内に放った。

「むぐ……ゴク……んぐっ」

最後の一滴を飲みほした響子が、口をペニスから放した。

フェラをたっぷり楽しんだ響子の額に汗が浮いていた。本来ならここで休憩を置くべきなのだろうが——今日の孝史にその余裕はなかった。

響子に覆いかぶさり、ストッキングを脱がせた。

Tバックはそのままにした。そのほうが、響子が感じるような気がしたからだ。

それから、孝史は仰向けになった。唾液で光る肉棒を軽くしごいただけで、臍を向いてアーチを描く。そして両手を頭の下に置いて横たわると、隣にいる響子を見つめた。

「もう……どうする気……」

響子の潤んだ瞳が、欲情で燃えていた。

「どうって、響子さんがしたいことをすればいいんですよ」

本当は自分から覆いかぶさりたい気持ちを必死に抑えている。しかし響子を愉しませるには、余裕のある態度を崩さないほうがよい。

響子が困ったような顔になる。

孝史は、その表情が好きだ。

「んもう……あまえん坊なんだから」

響子は身を起こし、ブラジャーをはずした。マシュマロのような乳房がブラジャーから解放されたとたん、ぶるっと揺れる。

Tバックだけの姿で膝立ちになった。そして、女豹《めひょう》のように四つん這いになり、孝史に近づく。

孝史の腰をまたいで膝立ちになると、Tバックのクロッチを横にずらした。

「おお……すっごいエッチな眺めですよ」

「こういうのが見たくて、Tバックを脱がさなかったんでしょう。エッチなのは、孝史くんもいっしょ」

お姉さん口調で言われると、妙にゾクゾクする。

響子が長い指で孝史のペニスをそっとつまんだ。そして、股間を下ろして、陰唇で亀頭にキスをした。

「あん……」

腰が揺れる。孝史が指で愛撫していたので、感度はあがっていたようだ。

陰唇が触れただけで、肌に赤みが増す。色の濃い愛液が、亀頭から肉棒を伝って落ちていく。

「ほら、腰を下ろさないとひとつになれませんよ」

孝史はあえて口に出した。

すると、響子がため息をつく。

(恥ずかしいと、感じちゃうんだ……)

恥じらう表情は楚々《そそ》としているのに、トロトロと愛液をこぼす反応は淫らだ。

(やばい、ギャップで興奮する)

孝史は陰唇が触れただけの亀頭から、じゅわっと先走りを垂らした。溶けた蠟燭《ろうそく》のような粘度のある体液が、響子のこぼした愛液と混じり合って陰毛を濡らす。

「いじわるっ。もう……もうっ、我慢できないから……」

響子が腰を下ろした。肉傘が呑みこまれるときに、濡れた突入音が放たれた。

(すごい……興奮のせいで、チ×ポが溶けるほど熱い)

内奥の熱と締まり、そして潤みはこれまでにないものだ。蜜肉が孝史の肉茎に密着し、うねる。そのうねりだけでも先走りがとまらないのに、熱と、とろ蜜とがからみ合って、男を責めたてる。

「あおお……おお……いいです……響子さんっ」

孝史はあごをうわむけ、のけぞっていた。

快感が腰から背すじ、脳天までを痺れさせる。

「もっとよくしてあげる」

豊満な肢体を孝史に見せつけるように、のけぞって足を孝史の横に置いた。M字に開いた足の間にある秘所と、そこに食いこんでいる肉棒がまる見えになる。秘所から出た白く濁った愛液——本気汁がペニスの裏スジに白い線を描く。

響子が秘所の部分だけずらしたTバック姿で腰を上下した。

「いい、くっ、締まるし……その動きがたまらないっ」

孝史は頭の下に置いていた手を前に出した。そして腰を動かすたびに揺れる乳房をつかみ、色づいた乳頭の果実をいじくる。

「あんっ、あんんっ、やん、いいっ」

乳首をくすぐったとたん、響子の感度があがった。蜜肉がうねり、ペニスに密着する。四方をあまい肉に囲まれ、孝史の息があがる。

(フェラで抜いてなかったら、もう出してたな……)

響子のリードのおかげで、快感を堪能できている。女性上位は、はじめてつながったときの体位だ。それを性的に少しは成長した孝史が、ふたたび響子としていることに感動した。

「孝史くん、上手、あん、くうっ……」

腰をグラインドする響子の動きに合わせて、孝史は下から突きあげた。

乳房が揺れ、白い尻が震える。孝史はその間も、両乳頭へ愛撫を続けていた。

響子が放つ女のアロマが濃くなり、吐息も荒くなる。

「ひうっ、うんっ」

M字にした足が、ゆるんで開いていく。

快感のために、力を入れられないのだろう。おかげで、Tバックが淫花の中央を走り、結合部だけ横に避けられている卑猥な眺めを堪能できる。

白く濁った愛液が、つなぎ目だけでなく、孝史の陰毛も濡らし、陰毛はなでつけたようになっている。

「くう、いい、いい……」

腰のピッチがあがる。孝史は腰の位置を微調整して、響子が乱れる場所を刺激した。

「あ、そこ、いい、イクッ……あ、あううっ」

ビュッ、ビュッと音を立てて、秘所から愛液がほとばしる。

「や、やあっ、オシッコみたいに愛液が出ちゃった」

響子は顔を真っ赤にして、手で覆った。

「しょうがない人だな。どスケベで……かわいくて……」

孝史が響子の腰に手をかけ、立たせると、そのままうつ伏せに横たえた。そして、ヒップを持ちあげる。

「女性上位の次は、どうやってヤルんでしたっけ」

もちろん、響子が言ったことは覚えている。しかし、言わせることで、感じさせたい。交合の途中で抜かれたペニスは、欲求不満でパンパンにふくらんでいる。

「バ、バックで突いて……」

響子の魅惑的な唇から、いやらしい言葉が出るだけで、孝史の胸は淫蕩《いんとう》な期待でふくらんでいく。

蜜口に亀頭をあてがい、ズブズブと進めた。

「ほおお……おおおおおっ」

自分が望んでいたプレイで満たされた響子は、恥じらいを捨ててあえぎ声をあげた。

グチュ……。

亀頭が肉ざぶとんに触れる。つながったときに、感じていたのだろう。子宮口がおりていた。孝史は、そこを狙って、ゆっくり前後動する。

「うぐ、ぐうう……そこ、弱いの、あん、んんっ……」

頭を左右にふる響子の髪がほつれ、顔の横やうしろにしどけなく垂れていく。白いうなじに薄茶色の髪がかかる様子は色気に満ちていた。優しく指で髪を整えながら、背後からの突きは少しずつ荒々しくしていく。

「あう、あう、強い。あう、優しいエッチもいいけど……このエッチもいいっ」

アダルトビデオほど速いピッチではない。ぬくもりを分け合うようなゆったりした動きをいつもはしていたが、今回は孝史も欲情がとめられず、速くしただけなのだ。しかし、響子は速いピッチに強く反応した。

孝史は前かがみになり、バックで貫きながらつなぎ目に手をやる。Tバックの下に隠れた女芯を見つけると、そこにそっと触れた。

「あひっ、そこ、そこダメっ、あふ、ふうううっ」

響子の背がアーチを描いた。

また音を立てて、秘所が潮を噴く。響子のシーツは愛液の染みでオネショしたようになっていた。

(どんどん締まりがきつくなる……もう、フィニッシュだ)

孝史は響子からペニスを引き抜いた。

本気汁がシーツに垂れる。うつ伏せで恍惚《こうこつ》としている響子を仰向けにする。

そして足を大きく開かせると、孝史は腰を足の間に入れた。

Tバックは脱がさない。互いの興奮が高まるからだ。

クロッチをまたずらし、充血し、ルビー色になった秘所にはりつめた亀頭をあてがう。

「顔を見ながら、ひとつになれるの……うれしい……」

響子が孝史に手を伸ばした。顔に触れないのは、怪我で腫れているからだ。

孝史は、代わりに手をとった。

ふたりの手が、空中でからみ合い、しっかりと結ばれる。左手をかたくつなぎながら、右手でTバックのクロッチを避けて、蜜壷内へと入っていく。

「いい……この体位が、いちばん好き……ああ、あああっ」

亀頭が膣肉をかきながら進み、襞肉を刺激された響子が歓喜の声をあげた。

孝史も全身に快楽の汗をかいていた。

(オマ×コ全体で俺をくるんでくる……締まりも、熱さも、最高だ)

孝史は快感からうめいた。このまま動かず、ずっと響子のぬくもりに浸っていたい。

そう思いつつも、律動を、射精を求める本能にあらがえない。

円を描くようにして、ゆっくり腰を引いた。

「あ、ああ……中がかき混ぜられてっ、いいのっ」

女性上位でつながったとき、響子がグラインドすると、孝史も響子も愉悦に浸ったのを思い出し、孝史も腰をめぐらせてみたのだ。

効果は抜群だった。

響子の眉間がひそめられ、かすかに開いた唇からは、切れぎれのあえぎ声があがっている。

なによりも快感を伝えるのは、Tバックのクロッチが重くなるほど出ていた愛液だった。

「まだ中出ししてないのに、俺のチ×ポが白くなってるの、どうしてですか」

ヌチュ、グチュッっと音を立てながら、抜き挿しする。

響子は右手の人さし指を唇に持ってきて、噛んだ。

「言って……ねえ、響子さん、言ってくださいよ。理由を教えてください」

律動を気持ち強める。

ヌチュ、グチュ、チュ、チュッ、といやらしい音が部屋を満たす。

「やん、あんっ、やあ、言えないっ。恥ずかしいっ」

響子のあえぎ声も大きくなり、内奥のうねりも強くなる。

「聞かせて……響子さんの口から聞きたいんですよ」

そう言いながら、孝史は子宮口を亀頭で突きあげる。

「た、孝史くんのオチ×ポがよくて、本気汁が出てるのっ……あ、あああ」

己の口で、いかに感じているかを言った響子が肢体を震わせた。

ジュワッとシーツに愛液の染みがひろがる。

(言葉責めってやつかな……いやらしいことを言ったら、響子さん感じてる)

新たな一面を見るたびに、思いは深くなる。

孝史は、その思いを行為で伝えるべく、前後動のピッチをあげた。

「イキましょう、いっしょに」

優しく、と言われていたのに、思いをこめたとたん、激しい動きになった。

パンパンパンッ!

湿った破裂音を立てて連打する。

握り合った手に、響子が力をこめた。そこからも、いかに感じているかが伝わる。

「うん、イク、イク……いっしょにイクッ」

響子が豊満なバストを天に突き出してのけぞった。

蜜肉が四方からペニスをくるむ。ペニスも締まりにあらがうように反り返り、女の急所を刺激する。前後動は射精に向けたテンポの速いものへと変わっていった。

「ああ、ああ、孝史くんっ、いい、いい、いいの。イク、イクわっ！」

「俺も出ます……ああ、響子さん、受けとってくださいっ」

ビュッ！　ビュビュッ！

二度目の吐精だったが、一回目にひけをとらないくらい出た。

「中でイク……イクうううっ」

響子が吐精をすべて蜜壺で受けとめた。

「すっごく気持ちよかった……いままでで、いちばん感じちゃった……」

呆然《ぼうぜん》としながら呟く。

「俺もです」

孝史が響子の上からおりて、横たわった。

しかし、手はまだ硬くつないだままだ。汗で濡れていても、この手を放す気にはなれなかった。

（これだけ体の相性がよくて、心だって通じてるのなら……いま打ち明けたら、きっと……）

そう思ったが、喧嘩の疲れと、満たされたセックスがもたらす眠気により、瞼がおりてくる。あらがえない眠気に誘われ、目を閉じた。
「孝史くん、大好きよ」
眠りに落ちるまえ、そんな言葉を聞いた気がした。
翌朝、目を開けると、つないだ手が離れていた。
情事にベッドのあとだけを残して、響子は姿を消していた。
孝史は途方に暮れた。
そして、つなぎ合っていたはずの手に頬を押しあてて、泣いた。

第六章　優しい雨

1

雨が降っていた。

「霧雨だから、お客さんの入りは大丈夫そうですね」

窓を拭いている響子の背後で、店長と店員が話しているのが聞こえた。

響子が働く居酒屋は午後五時開店で、いま店を開けたばかりだった。

窓ガラスに小さな水滴がつき、その向こうの景色はダイヤモンドのようにきらめいて揺れている。

入口わきの壁にはテレビが備えつけられ、夕方のニュースを流している。

総理候補だった男がスキャンダルで失脚し、後継は若手から選出されるだろうという解説を専門家が語っている。

前はこのスキャンダルが話題になるたび、魔性の女として響子がとりあげられたものだが、もうその話題に耳目を集める価値はなくなったらしい。

響子のことは、はるか昔のニュースの扱いになっていた。重森も汐磯の件以来なりをひそめている。それでも、響子がまた汐磯に姿を現そうものなら、孝史に危害をくわえかねない。あの男の執念深さは、響子がいちばんよく知っている。

ニュースで響子の人生は大きく変わったが、人々はもう関心を失っていた。

(簡単に人生って壊れるのね……身から出た錆《さび》だから仕方がないか)

響子は雑巾にガラスクリーナーを吹きつけ、窓を拭きつづけた。

汐磯町を出て、三つ目の町に響子はいた。

あそこを離れてもう一年近く経つ。

いまは適度に観光客が多く、ロングステイしても目立たない町にいた。

都会はもういやだった。

地方の観光地は飲食業での働き手が足りないらしく、すぐに仕事は決まった。

響子はノーメイクに眼鏡、マスクで顔を隠していた。服装はデニムに長袖ブラウス。

肌を露出せず、目立たないようにふるまっている。

そのうち、ノーメイクで目立たない姿が本当の自分のように思えた。

港町を選んでしまうのは、汐磯町への未練だろうか。漁港も近くにあるので、いま勤めている海鮮居酒屋は賑わっている。

店長のしこみの手伝いからはじまり、客が来てからはホールで注文を受け、店が閉まったら掃除までこなす。

繁盛店なので、店休日以外は午後遅くから夜中まで働きづめだ。仕事が終わるころには足はパンパンで、ジョッキを運びつづけた腕は重くなっている。

店では無口な店員として通している。

深くかかわって、店に面倒をかけるのがいやだったのだ。

アパートも借りた。

汐磯での一件では重森にたかられたが、彼に知られないところに少しは貯金を残していた。

なので、働かなくても生きていけるのだが――それに手をつけるよりも、体を動かして稼ぎたかった。忙しさで、いままでのことを忘れたかった。そして、体を動かして対価を得ることは、少なからず、響子の自尊心の回復に役立っていた。

「小泉さん、メイクしないのもったいないよお。美人だから映えるって」

若い同僚がまかないをともに食べるとき、そう言って、響子はごまかした。

「アレルギーで、肌荒れしちゃうの」

そう言えば、どうにかなった。

店に若いサラリーマンがやってくるたび、孝史と背格好が似た男性が来るたび、響子は動揺した。

孝史が迎えに来たのかと思ったのだ。

しかし、よく似た他人だった。

(面影を追いかけてどうするのよ……)

自分から逃げておいて、追いかけてほしいと思うなんて卑怯だ。

片思いの相手にふられ、バーで情けない姿をさらしていた孝史に惹かれたのはなぜだろう。

みっともない飲み方をしてまで忘れたい思いにふりまわされている姿が憐《あわ》れだったのか。

いや、あそこまで正直に自分を出していた姿に胸を打たれたのだ。

響子の人生は偽りの連続だったから。

出身は、日本海に面した田舎町。大学は父に頼みこんで東京の医療系大学に入れたが、父の事業の失敗により、在学を続けるのが危うくなった。

そんなとき、スカウトされて、銀座の会員制クラブでホステスになった。

そこでは、理恵《りえ》という源氏名で働いた。給料は想像した以上の額で、それに見合うホステスになるべくママや先輩の教えをよく聞き、しぐさを見て学び、客を退屈させないために教養を深めた。

ときには、経済界の一流の男たちと関係を持った。もちろん、そこに金銭や贈答品が介在した。売春ではない、美貌とスタイルがよいから、プレゼントをもらってとうぜんの立場なのだ、そう思いこむことにして――。

学業と両立できる器用な子もいたが、昼の営業メールと容貌の手入れ、そして客に誘われてゴルフにも行かねばならない。両立は難しく、夜の世界で生きることにした。

理恵である時間が長くなると、響子は息苦しさを覚えていた。

マンションと、高級レストラン、ゴルフ場、そして会員制クラブ。海外旅行への同伴。世界はひろがったようで――狭まった。

権力、財力を持つものだけがいる世界はきらびやかだった。

だがそこは、響子が住みつづける世界ではないように思えた。

夜の世界から身を引こうとしたとき、重森から愛人の口を紹介された。

父からの仕送り要求に悩まされ、スカウトされた縁で恋人となった重森も理由をつけては金を求める。稼いでも稼いでも、足りない気がした。

だから、愛人になった。契約内容は指定されたマンションでの逢引《あいびき》。

ワンナイトの相手になることはあったが、愛人ははじめてだった。これも労働だ、と割りきって抱かれた。もちろん、相手が求める愛人像を演じることは忘れなかった。

ホステスだけなら、誇りを持ってできた。しかし抱かれることに、金銭のために相手の望むままふるまうことに疲れた。金のためにホステスになったが、愛人は向いていないのかもしれない。

そんなときに起きたのが、愛人契約した男の心臓発作だ。

響子は退学するまで医療系大学にいたので、すぐに心肺蘇生措置ができ、救急隊が来るまで時間を稼ぐことができた。

（身を引くのが遅かったのね……）

愛人契約した男は大物政治家だったので、あと始末がたいへんだった。

関係者は金で沈黙を守らされた。そして銀座や、夜の町で働くのはやめてほしいと、愛人契約した相手から言われた。

しかし重森は、ふたたびほかの男の愛人になって稼ぐように要求してきた。

そのとき、重森が響子を思いやる言葉をかけていたら違ったかもしれない。

金づるでしかないことに、響子はもう耐えきれなくなった。

だから、口止め料の入った貯金通帳とスマホだけを持って逃げたのだ。

（孝史くんみたいに、みっともなくても、自分の心をちゃんと言えていれば違ったのかも）

いまさらそう思っても遅い。過去は変えられない。

汐磯町も、この町のように通過点だと思っていた。

しかし、人魚に行って、三田さんに出会って世界が変わった。

「あんた、今週だけで四回も来てるじゃない。うちの店、気に入った？」

このとき、三田さんは「くらげ」とひらがながプリントされたTシャツを着ていた。

人魚は、クリームソーダにプリン・アラモード、看板メニューはスパゲティグラタンと、懐かしいメニューが中心で落ち着ける店だった。コーヒー豆は横浜にある焙煎《ばいせん》店から仕入れているので、コーヒーも味がいい。

BGMがレコードで昭和から平成の曲を流すところも気に入った。空っぽになった響子の心を癒やすのには、人魚は最適の場所だったのだ。

「もし、働き先を探してるんだったら、ここ、手伝ってくれない」

三田さんは響子が話し出すまで、なにも聞かずに店に置いてくれた。過去を言わなくとも、接し方は変わらなかった。

それから二年、楽しい毎日だった。銀座のホステス理恵ではなく、響子として生きていた。

汐磯町の響子。過去はもう過去となり、情けなくって、でも素直でかわいい男の子に恋のレッスンをして、彼がいい男になっていくのを見守るのが楽しかった。

（体の相性っていうのがあるとしたら……最高だった）

ホステスとして、愛人として数年生きた響子は、それなりに経験はある。

重森は女衒《ぜげん》のような仕事なので口もうまいが、ベッドでもテクニシャンだった。しかし、孝史が与えた快感は、彼が味わわせたものをはるかにうわまわる。

（恋しいのは、体が寂しいからじゃない……）

心が、孝史を求めていた。

孝史といた時間は、響子が知らなかった、普通の時間だった。デートは特別高い店でなく、自分の身の丈にあった店を選びに選んで行った。

デートのお礼として、孝史は人魚をプロの技術で磨いてくれた。そのときの頼もしい背中を見ているのが好きだった。お礼にオレンジフロートを出すと、子どものように喜んで食べた。レコードをかけると、物珍しそうにして聴き入っていた。

普通だ。普通なのに、いや、普通だけど、普通だから、特別な人だった。

もう一度、会いたい。

だが、自分が汐磯町に顔を出せば、きっと重森がやってくるだろう。そうすれば、また孝史を傷つけるかもしれない。そのことに、耐えられない。

(普通の幸せを求めても、いけないの……きっと)

ガラス窓の向こうは、雨で光がにじんでいたが――窓を拭く自分の手もともぼやけて見えた。涙があふれそうになっている。

「では、ここからは地域の情報です。三年ぶりに明日から開催される汐磯町海祭りの会場から、小沢《おざわ》さんお願いします」

アナウンサーの言葉に、響子は顔を跳ねあげた。

テレビの画面には「汐磯町海祭り」という看板がアップになっていた。それから、カメラが引いて、中継のリポーターと、その隣に立つ人物を映していた。

「うそ……」

響子は雑巾を落とした。

リポーターの隣には孝史が立っていた。白いワイシャツにデニムのエプロンをつけている。エプロンには「喫茶人魚」とプリントされていた。

「こちらは汐磯町海祭りの実行委員長、松本孝史さんです」

カメラが孝史をアップにする。

孝史がニコッと笑った。すこし頬が震えているのは、緊張しているせいだろう。

驚きと、喜びが押しよせたあと、いまは孝史が生中継を無事に終えられるか、保護者のように心配して見つめていた。

「こんにちはっ。明日、三年ぶりに汐磯町海祭りを開催しますっ。商店街では海祭り特別メニューを、また、ステージでは昭和平成レトロポップ歌謡祭を開催しますっ。まだ受付していますので、昭和ポップスがお好きな方は申しこんでください。祭りの最後には花火も打ちあげますので、ぜひ、みなさんで来てください」

早口だし、情報が多すぎる。

しかし、一生懸命さは伝わった。

スタジオのアナウンサーが、

「昭和レトロポップ、最近流行《はや》ってますよね」

「ええ、店では昭和と平成の流行歌をレコードでかけていますが、若い人が遠くから聴きにくるほど人気なんです。祭りではDJが昭和や平成のレトロポップスをミックスして流す予定です。カラオケ大会もあります」

「昭和平成レトロポップス歌謡祭、盛りあがりそうですね」

「出店では、クリームソーダ、ノンアルコールカクテルに、汐磯町で水揚げした海産物などを売る予定です」

孝史の隣にはいつもどおり金髪にキャミソール、そしてショートパンツのくるみと、ワイシャツとベスト、スラックス姿のマスターが立っていた。くるみはノリよく手をふり、マスターは震える手をかすかにふっている。

「それは楽しみですね。では、中継でした」

中継のシメに、レポーターは孝史、くるみ、マスターの三人とともに手をふった。

「待ってますから、いつまでも！」

とつぜん、孝史が大声で言った。

リポーターは打ち合わせにない行動に驚いた顔をしている。

すぐ画面がスタジオに切りかわった。

「きっと、お客さんに来てくださいということなんですね」

アナウンサーが受けて、そつなくつくろった。

――待ってますから！　いつまでも！

「響子さん、大丈夫？」

店長が声をかけてきた。

「ごめん、店長。今日と明日、休みます。埋め合わせはちゃんとしますから！」

響子は店を飛び出した。

視界がにじむ。あふれてくる涙をとめられなかった。

2

汐磯町海祭りは、報道の効果もあって賑わっていた。

（お祭りだからって、浴衣で来てどうするのよ）

響子は、昨日のうちに近くの店で浴衣を買っていた。銀座時代には職人の手仕事で作られた浴衣を着ていたが、いま着ているのは化学繊維の大量生産品だ。しかし、着心地も柄もシックでいい。

（これを見たら、孝史くん、喜ぶかな……いやいや、会ったらダメよ。うまくやれているか、見るだけなんだから）

様子を窺うだけなら、浴衣になる必要はない。

(それに、わたしが来たってわかったら、また迷惑になるじゃない)

だが、心をとめられなかった。そして、一度行くと決めたとたん、装いに気を遣っていた。

このメイクだったら濃いかな、と考えたり、この浴衣だったらこの髪型が似合うだろうと迷ったり。おかげで、今日は寝不足だ。

(もう、これじゃ出会ったころの孝史くんといっしょだわ……)

部屋にある小さな鏡で、メイクが浴衣に合っているかチェックしながら思った。

結局、ミディアムから少し伸びた髪を和服に合わせて軽くアップにして、ほんのり薄化粧をした。

途中、響子のことを気づく者がいるかもとしれないと心配したが、電車ではみな、スマホを見ているか、いっしょに祭りに行く者との会話に夢中で気づく者はいなかった。

噂の中心として追いかけまわされていたときは、自分を見る者がすべて、あの件を知っているように思っていた。

実際、そうだったのだが、嵐は強ければ強いほど、過ぎ去るのも早いようだ。

響子が魔性の女として世間を騒がせた件からまだ一年も経っていないのに、遠い昔のことのような扱いになっていた。

汐磯駅までの電車は、乗客が多く満員電車のようだ。

駅に停《と》まると、いっせいに客が降りた。

「三田さんが久々にステージ立つんでしょう」

年配女性のふたり連れがうれしそうにそう話していた。

「あまくて、いい声よね」

そのうちのひとりは、手製の「三田さん、がんばれ！」という団扇《うちわ》を持っていた。

「花火の前に、出店で買い物しようぜ」

中学生らしい少年たちの会話が聞こえてくる。

乗客とともに駅から出た響子は、驚いて足をとめた。

少し寂れた汐磯町が、輝いていた。

駅からは長い下り坂だ。

下り坂のところどころに出店があり、飲み物や食べ物を売っている。それらは、汐磯町の飲食店だ。出店の明かりが、いつもは薄暗い道路を明るくしていた。

誰のアイデアだろうか——昔は漁網を浮かせるために使っていた直径三十センチほ

どの浮き球を電柱にかけて、中に暖色のLED電球を入れて光らせていた。ガラス越しの柔らかな明かりが、町を優しく照らしていた。包みこむような、あたたかな光だ。それが光の道になって砂浜へと連なっている。

砂浜には特設ステージが建てられていた。

浴衣姿のカップル、家族連れ、みんな楽しそうだ。

(ここで、孝史くんにおんぶしてもらったんだ)

汐磯町のそこかしこに、孝史との思い出の場所がある。

思い出の場所を通るたびに、胸がせつない音を立てた。

本当に好きなんだ、と思う。

でも、遠くからでいいから、顔を見たら帰ろう。

響子の過去は明かされ、もう隠す必要はなくなったと言っても、執念深い重森が諦めるとは思えない。

坂道をおりると車道があるのだが、今日は通行止めになっている。

山側の迂回路《うかいろ》を通るようにしたのだろう。官民一体で祭りを盛りあげている。

(ここまで交渉するの、たいへんだったろうな……すごいじゃない、孝史くん)

砂浜にもたくさん人がいた。浜で漁師たちが焼いた魚を売っている。

炭火で魚が焼けるよい匂いが漂っている。

「魔法のジン・トニック、いかがですか」

ベルベットのような声。マスターだった。

響子は、その声の主から見えない位置まで行くと、息をひそめた。

マスターは浜に出店していた。リゾートホテルのバーカウンターのような小粋な作りだ。飲み物は数種類提供できるようで、カップルがそこでカクテルを飲んでいる。

マスターの隣では、髪をひとつ結いにした黒木花がいた。

花がなにか囁くと、マスターの顔がほころぶ。

(あのふたり……つきあったんだ)

お似合いのカップルだ。響子は近くに寄りたい心を抑えて、門来の出店から離れた。

門来に目を向けたまま歩いていたので、前を見ていなかった。

誰かとぶつかってしまった。

「ごめんなさいっ」

「私も前を見ていなくて……大丈夫ですか」

声の相手を見たふたりは、固まっていた。

響子の目の前に、孝史がいた。

「響子さん……来てくれたんですね」

孝史の声が震えている。

「違うの、わたし……その……」

言葉が出てこない。

あなたを好き。だけど、あなたを傷つけたくない。

いっしょにいたい。いっしょにいられない。

だから、怖くてあの日、朝起きたら逃げたの——。

「ずるい女だから……だから、逃げて……」

「逃げたけど、帰ってきてくれたじゃないですか」

孝史の声が湿っている。グズッ、グズッと鼻をすすっていた。

彼の手が伸びる。この腕の中に入ってはいけない。

そうしたら、もう逃げられない。

なのに——。

「ごめんなさい。迷惑な女なのに……帰ってきちゃったの……」

「帰ってきてほしかった。ずっと、ずっと待っていました」

孝史が響子をきつく抱きしめた。

響子はあらがえなかった。体が磁石になったように、孝史に吸いついていく。

「迷惑をかけたくないのに、もう、誰にも」

「俺たちが出会ったのは、俺が門来で迷惑な客だったからですよ。誰にも迷惑かけない人なんていない。それに、響子さんが怖がるようなことは起こらないから大丈夫」

孝史が響子の頬と自分の頬を合わせた。

懐かしいぬくもり、懐かしい匂いに涙があふれた。

「重森さんなら、もう来ませんよ。三田さん、何者か知っていましたか」

響子は首を横にふった。

「まさか、三田さんが相模の女帝なんて……」

相模の女帝——たしか平成のはじめごろ、総理大臣になった男の秘書兼愛人だった女性で、その総理が賄賂で失脚すると表舞台から姿を消した。しかし政界とのパイプは強く、総理が失脚したあとも影響力があったという。

今回の重森の件も、三田さんがある方面から圧力をかけて終わらせたらしい。

響子の過去を知っても動じなかった理由がようやくわかった。

「人材豊富な町のおかげで、平和になったんです」

孝史が抱きしめる力を強くした。二の腕の筋肉はこの一年でまた太くなったようだ。

響子がいなくなってからも、孝史は鍛えつづけていたのだろう。

「強すぎましたか。すいません、うれしくて、つい……」

間近にある孝史の目にも、光るものがある。

「孝史っち、ほらほら、アナウンスしなよお、もうすぐショーがはじまるから」

ミニスカートのように裾を短く着つけた浴衣姿のくるみが、孝史に声をかけた。

「え、ええっ、マジ、マジでキョンさん！」

くるみが駆けよって、孝史と響子が抱き合う上から手をまわして、ふたりを抱きしめた。

「孝史っちさあ、会社やめて、人魚の店長になったんだよ、きっとキョンさん帰ってくるからって。いじらしくね。よかった。マジよかったあ」

くるみまで泣いている。

「うちら、泣きすぎじゃん」

ぎゃはは、とくるみが笑うと、その襟をマスターがつかんだ。

「くるみ、おふたりの邪魔はいけません。アナウンスはあなたがしなさい。いいですね」

マスターが魅惑のバリトンで、妹を諭す。

「マスター、お久しぶりです」

「響子さん、松本様とおふたりで飲みに来てください。いまはカウンターにアシスタントもおりますので、もっといいおもてなしができると思います」

マスターが花に目をやった。花が微笑んで頭を下げる。

くるみは、またね、と言って、本部テントのほうへ走っていた。

「お待たせいたしました。次は神奈川のカラオケ大会で知らぬ者はいない名手、三田美子《よしこ》さんによる、小泉今日子《きょうこ》の『あなたに会えてよかった』です」

くるみのスピーチで、マスターが舞台に目を向けた。

孝史もにこやかに、ステージを見ている。

ステージに立ったのは、三田さんだった。

今日は「汐磯町大好き」というロゴ入りTシャツに、スパッツ姿だ。

三田さんが歌い出すと、会場から歓声があがる。

「三田さん、待ってました!」

商店街の面々が声をかけた。

年齢は響子より上のはずだが、声質はかわいらしい。そして、歌がうまい。

自然と手拍子が起こった。

かけ声を三田さんがすると、観客が応える。人魚でもこの曲をかけると、客が盛りあがった。

平成の女帝は過去を捨てて、気のいいおばさんとして人生を愉しんでいる。

誰だって、やりなおせるのかもしれない――。

ステージに立つ三田さんには、なんの翳りもない。

黄色い声をあげ、団扇をふっている熱烈なファンに三田さんがウインクした。

汐磯町の砂浜は、響子がはじめて知る賑わいを見せていた。

隣では、マスターと黒木花が曲に合わせて踊っている。

「そういえば、ダンスのレッスンはまだだったわね」

響子が見あげると、孝史が照れくさそうに答えた。

「俺、リズム感ないから……」

「いいの。踊りましょう」

孝史の手をとり、響子は左右に足を運んだ。下駄で、しかも足下は砂場なので、ステップは踏めない。ポップスで踊るのは難しいが、気持ちが昂って、踊らずにいられなかった。

「腰に手を置いて……そう。そして、片手はあげて……そうよ」

マスターと踊る花が視界に入った。マスターが花になにか囁くと、花がくすぐったそうに笑う。

「マスターと花さんも、おつきあいしてるのね」

「響子さんが町を出てすぐですよ。お似合いですよね」

寡黙だけれど、嘘はなく、行動で示す男。花にぴったりだ。

「三田さん、楽しそう」

「歌謡祭は三田さんの発案なんです。盛りあがっていて、いいですよね」

孝史がステージの三田さんを見て呟く。

「わたし、世の中を知っているつもりだったけど、普通だって思っていた人が普通じゃないって改めて思った」

「俺は、普通の男ですよ」

孝史は本当に自覚がないようで、首を傾げた。

「普通じゃない人ほど、自分のこと普通って言うのよね」

三年ぶりの汐磯町海祭りの実行委員になって、これほど盛りあげたのだ。

それが普通の人間に務まるとは思えない。

「汐磯町海祭りをしたのは下心があってなんです。すれば、いつか響子さんが見に来てくれるかもって。だから……」

三田さんの歌は終わった。

いまは昭和歌謡を専門にかけるＤＪによるミックスが流れている。

ＮＯＫＫＯの「人魚《にんぎょ》」をチークタイム用にアレンジしていた。

カップルは、うっとりとした様子で、音楽に合わせて体を揺らしている。

「みな様、ご覧ください。海上にて、花火があがります」

くるみの声から少し間を置いて、花火が海上に打ちあがった。

大人も子どもも、みな歓声をあげている。間を置いてドンという音が響いた。

少し寂れた汐磯町が、息を吹き返していた。

大輪の花が空中で開くたび、海面も星をちりばめたように光った。

浜辺から花火を見るのははじめてだが、幻想的で美しい。

「本当にきれい……」

響子は孝史の胸に頰を預け、それを眺めていた。

「みんなが花火を見ている間に……キスしていいですか。花火も見たいけど……キスをしたくて、たまらないんです」

「ここでキスして……」

孝史の顔が近づく。

響子は目を閉じた。

空を彩る花火の光を瞼ごしに感じていた。

唇が触れ合う。

求め合う心を表すように何度もついばみ、互いの感触をたしかめ合う。

ふたりは花火が次々と打ちあがるのを横目に、長くあまい口づけを交わしていた。

3

「お祭りのあと片づけはいいの」

「くるみさんとマスターが大目に見てくれました。ふたりでゆっくりしろって」

ふたりは人魚の一階にいた。

カウンターあたりの照明だけつけている。

人魚の内装は当時のままだった。

カウンターには響子と孝史が門来で肩を並べている写真が飾られていた。

くるみがふざけて撮ったものだ。それをプリントアウトしたのだろう。

「あれ、この写真……」

響子がそういうと、孝史がエッチなものを見つけられた男子のように大慌てでそれを伏せた。

「響子さんが急にいなくなって、寂しくて……勝手に印刷してごめんなさいっ」

「ねえ、これを見ながら、オナニーしたでしょ」

孝史が真っ赤になる。

「答えて」

響子が耳もとに唇を近づけると、孝史がうなずいた。

「かわいいんだから」

自分だって、孝史をからかうことなどできない。孝史との夜を思い出して、何度自分で慰めたかわからない。

孝史の股間は、大きく盛りあがっていた。

「浴衣姿に欲情しちゃったの、ねえ」

そう言ってから、響子は孝史に軽くキスをした。

孝史がすぐに、熱いキスを返してくる。ふたりの舌がからまり合い、唾液を交え合う。ジュルッジュルッという音を立てながらキスをしているうちに、響子の体はどんどん火照ってくる。

「エロい匂いがしますよ」

孝史が響子の首すじにキスを落としながら囁いた。

性感帯への優しい愛撫に、ため息も、そしてショーツの中にあふれる蜜液もとまらない。

「お互い様でしょ」

「前は、響子さんがしたいエッチをしたから……今回は、俺が望むエッチをしてもいいですか」

孝史の目が欲望に染まっている。ほかの男がそんな目で響子を見たら気持ちが悪いと思うのだが――孝史に見られるのは不快ではない。逆に、心地よさすら感じてしまう。

(こんな気持ちになったの、はじめて……もしかして、これが……恋)

自分がいままで恋だと思っていたものは、すべてお互いを思う気持ち以外のものが介在していた。純粋なものはなく、響子を抱くことで自分のステータスに酔うため、それか抱くことで体を支配するため、そのいずれかだった。

しかし、孝史は違う。ただ響子だけを求め、それ以上でもそれ以下でもない。

だから、孝史の視線は心地よいのだ。

欲情と恋心がシンクロする。

「どんなエッチをしたいの」

ため息とともに響子が聞くと、孝史はフッと笑った。

「まず……カウンターで響子さんを舐めたい」

「エッチ」

「いや？」

「まさか」

響子はカウンターに体を押しつけ、ヒップを突き出した。

「それじゃ、響子さんが見られないでしょ」

孝史が響子を自分のほうに向かせると、スツールに座らせた。

「足を開いて……」

浴衣の裾を持ちあげてから、響子が足を開いた。

透けないように、浴衣の下に白いショーツをはいていた。

（濡れて重くなってるの。これじゃバレちゃう……）

恥ずかしくて足を閉じたい。しかし、孝史が膝を押さえつけていた。そして、股の間に顔を近づける。

「ヨーグルトみたいな、いい匂いがします。興奮の匂いですよね、響子さん」

匂いを言いあてられ、首から耳までがカッと熱くなった。

「た、孝史くんだって、すごく硬くなってるんでしょ。お互い様じゃない」

「そうですよ。俺だって、ビンビンです」

孝史が、エプロンをカウンターに置く。それから、チノパンを脱いだ。

（あん……）

ボクサーブリーフの前が盛りあがり、亀頭が腰のゴムから顔を出している。

孝史の欲望の姿を目のあたりにして、欲情が高まった。

「響子さんとしたいから、ここまで大きくなっちゃいましたよ」

ブリーフを下ろし、ペニスをむき出しにする。先走りで竿の中ほどまで濡れたペニスを見ただけで、響子の口に涎があふれてきた。

「舐めたそうに、スケベな顔して……」

孝史が指の背で響子の顔をなでた。喫茶店の水仕事で肌は荒れやすいのだが、孝史の肌はなめらかだ。指先も爪が切ってあり、清潔感があった。

「響子さんの教えどおり、指先の手入れをちゃんとしてるんですよ。肌が荒れた指で女性に触れないことを教えてくれましたよね」

「優秀な生徒さんね」

「よくできた生徒だから、今日は先生を自由にしていいですか」

「いいわ」

響子の胸は期待に震えていた。孝史がどんなふうに触ったか、反芻《はんすう》しながら指で慰めるほど、ずっと求めていたのだ。

孝史が響子の股間の前でひざまずいた。そして、顔をショーツに近づける。

(ああ……アソコを舐められちゃうっ)

期待で蜜壺が疼く。

しかし、孝史はショーツの上から秘所を舐めた。

「あうっ」

期待を裏切られた驚きと、布越しの愛撫の快感で、尻がバウンドする。

孝史は響子が逃げられないように、手を尻たぶにまわしてわしづかみにした。これで、腰をうしろに引くことはできない。どんなに感じても、孝史のいいようにされてしまうのだ。

(孝史くんがちょっと強引……でも、いやじゃない)

ジュ……ジュジュジュジュジュ……。

布ごと蜜口のあたりを吸引される奇妙な快感に、響子はのけぞった。

「あう……うん……そのやり方、エッチで……はうっ」

鼻にかかった声が自然と出た。

「ショーツ越しに吸われて、こんなに喜んで……」

舌が秘花をツツーッとなでた。強すぎない刺激が愉悦を引き出す。

しかし、響子は布地越しの愛撫では物足りなくなっていた。

もっと、もっと孝史がほしい。

「舐めて……直接、舐めて……」

体が、心が求めていた。彼の唇を直接肌で味わいたい。

「いやらしいことを言っちゃうくらい、愛撫してほしいんですね」

孝史の声もうわずっている。平静を装っているが、彼もかなり興奮しているのだ。

うん、と響子がかぼそい声で答えると、孝史がクロッチをわきによけた。

興奮でふくらんだ土手肉に、唇があたる。そして、舌が伸びて淫裂を割った。

「あん……んんっ」

響子は親指をくわえて、声をこらえた。

孝史のことを思いながらオナニーするときについた癖だ。孝史に愛撫されながら、口ではペニスをくわえる妄想が、響子の定番だったのだ。

「フェラしてるみたいに指動かして……もう、かわいい人なんだから」

チュパッ、チュパッという音を立てて、指を吸う。

響子は孝史に流し目を送った。

舐めて——。

鼻息が熱くなり、蜜口からはとろ露がこぼれる。孝史は、とろ露を舌ですくい、喉へと送る。何度もそれを繰り返されると、膣口を柔らかいものでくすぐられつづけることとなり、搔痒《そうよう》感に似た物足りなさと、快感とが響子を包んでいく。

「むっ、むっ……ふう……いいっ」

腰がバウンドする。孝史に押さえられていなければ、もっと卑猥にグラインドしていただろう。

孝史の舌が、女芯に押しつけられた。

「あひっ……くううん……」

四肢が震え、あごがうわむく。早くもイッてしまった。

こんな軽い愛撫で達してしまうなんて——。

自分がいかに孝史を求めていたか痛感する。

女芯愛撫は、はじまったばかりだ。舌が上下にゆっくり動き、とがった女芯をくすぐってくる。そのうえ、揃えられた二本指が膣口に挿入された。

「ひ、ひいっ……いっしょにくすぐられたら、あ、あうっ……」

二本の指がゆっくり抜き挿しされる。ペニスほど太くはないが、男の指二本は響子の指よりも太く長い。指を挿入するオナニーをしても、ここまでの愉悦は得られなかった。しかし、孝史が挿れた瞬間、脳天が歓喜で揺れる。

「こうやって、響子さんのオマ×コをじっくり触りたかったんです」

丁寧な口調で、いやらしいことを言ってのける孝史がかわいくもあり、知らぬ間に男らしくなったとも思った。

(前の孝史くんだったら、言えなかったこと……成長してるんだ)

うれしい変化が、心を盛りあげていく。指の抜き挿しと、クリトリスへの愛撫で、燃えあがった女体は昇りつめようとしている。

「孝史くんっ、もう、い、いいっ……」

抜き挿しを繰り返されるうちに体温があがり、絶え間ない女芯への吸いつきと舐めまわしが快感を高めている。そして、Gスポットをくすぐられたとき、響子は果てた。

「そこ、ダメッ、あん、あんんっ……イクッ」

ブシュ、ブシュッと秘所から愛液が噴き出す。

相貌を愛液で濡らした孝史が、響子を抱きしめ、愛液の味がついた唇でキスをする。

響子は己の欲望を味わいながら、舌を出して熱烈に応えた。

「このままハメますよ」

響子は潤んだ瞳を孝史に向けて、うなずいた。

蜜口に怒張があたる。潮噴きするほど感じたあとだったので、蜜肉は亀頭をあっさり呑みこんだ。

「あう……来てる……孝史くんの太いのが中に来てる……」

孝史のモノを受け入れなかったために、少し狭まった蜜穴が、ペニスによって拡張される。寂しかった秘所へ愉悦を送りながら、孝史の男根は奥へと進んできた。

彼のモノが、いま体のどこにあるかわかる。膣の神経がいままでになく敏感になっている。

「響子さんのアソコが、俺をほしがってヒクヒクしてる……ああ、いいっ……」

孝史が響子の首すじに顔を埋めた。

最奥に孝史のペニスがあたる。

「くぅっ……あんっ……」

肢体が震えた。指でのオナニーでは到達できない深みを、孝史の亀頭が突いている。子宮口に切っ先が触れていた。蜜壺を押しあげられる感覚が、陶酔とともに響子を覆っていく。

（この感触……この快感がほしかった……）

求めつづけていた孝史のぬくもりと、彼のペニスが与える愉悦に、響子はため息をついた。

「そんなにうれしいんですか。吸いつきが強くなりましたよ」

孝史が囁いてから、耳たぶを甘嚙みした。

「あうっ……そんなの、教えてないのに」

「妄想の中で、何度も響子さんを抱いたんですよ……そのときにこうしたんです」

敏感な耳に熱い息をかけられ、響子の乳首が硬くなった。

つながったままの肉壺の感度があがり、男根が触れている粘膜の知覚が強くなる。

「挿れられただけで、もう、せつなくなっちゃうっ」

本音だった。

その言葉を証明するように、まるい尻は愛液でしとどに濡れ、浴衣を湿らせている。

「そんなに俺としたかったんですか」

聞きにくい質問をあえてして、恥ずかしがらせようなんて、いつの間にこんなことを覚えたの、と言いたくなる。

しかし、口を開くと響子は正直に答えていた。

「したかったに決まってるじゃない。だって、ずっと会いたかったんだから」

「俺もです。こんなふうに……」

孝史がつながったまま響子を抱えあげた。響子の体がスツールから浮きあがると、自分が代わりにスツールに座る。

「む……くううっ、深い……」

浴衣を着たままの交わりに、響子はのけぞった。

スツール上での座位は、ベッドでの座位よりも深く肉棒があたる。響子の両足は宙に浮いているので、自重でつながりが深くなったのだ。

「こうすると感じるかな、って妄想していたら……本当に感じてる」

孝史がうれしそうに笑顔を見せた。しかし、目には切迫した欲望が光っている。

「突いて……深く突いてっ……」

響子は孝史の頬を両手で包んで口づけた。

何度、ディープキスをしても飽きない。

離れた期間にできなかったぶんを埋めるように、お互いの唾液を混ぜ合った。そして肉棒をくわえた蜜壺は待望のそれを受け入れて、歓喜の食いしめをする。

「もう精液を搾りとろうとするなんて、響子さんもほしがりなんだから」

孝史がゆっくり突きあげる。

過去に響子を抱いた男たちは、すばやいピストンこそが女を酔わせると思っていたが、響子は互いの体温を分け合うような、ゆっくりした抜き挿しを愛している。

(わたしが教えたとおりのリズム……ああ……快感の海を泳いでるみたい)

目を閉じ、内面の感覚に身を委ねる。

自分の中心に居座る孝史の肉棒の熱が、じわじわと指先、足先まで伝っていく。

響子は孝史に抱きついた。

彼の首に汗が浮いていた。

(きっと感じて、汗まみれなんだわ……)

ポロシャツから孝史の汗の匂いが漂う。

懐かしい匂い。ずっと求めていた匂い。

帰ってきたんだ、と響子は実感する。

「ちょっと強くしますよ」

「うん、して……」

グチュ、グチュッと音を立てて、孝史が上下動する。

年代物のスツールがギシギシ音を立てた。

「壊れちゃうッ……あん、んっ、んんっ」

「どっちが壊れるんです。響子さんですか。それとも、スツール？」

ズンズン……と脳天に響く律動で、響子の心は淫欲に染まっていた。

ピストンのたびに足が宙で揺れ、履いていた下駄が音を立てて、リノリウムの床上に落ちる。

子宮口に男根を食いこませたままの上下動で、快感が子壺でふくらむ。

「ど、どっちも……」

「店長としては、スツールが壊れるのは困っちゃうな」

孝史が立ちあがった。

響子の背をカウンターに預けさせ、両足を抱えてピストンを続ける。

「やん……立ったままのセックス……きつい……くうっ、うっ、それに、わたしは重いからたいへんよ。無理しないでっ」

「ブラジリアン柔術で鍛えたので、これくらい楽勝ですよ」

孝史が口もとに笑みを浮かべる。以前の孝史にはなかった余裕だ。離れていた間に体を鍛え、そして喫茶店の店長になり、自信をつけたのだろう。

その成長が眩しい。

それに引きかえ、世間から隠れることしか考えていなかった自分は、孝史の目にはどんなふうに映るのだろう。

「汐磯町にいたときより、響子さんが素直でかわいい……この響子さんも好きです」

孝史は響子の心によぎった不安をすぐに酌みとった。

「どうして、わかったの」

「離れた間、ずっと響子さんのことしか考えてなかったから。響子さんは勇敢で、人のためにがんばって、情けない俺みたいな男の教師役になるようなお人好しで、だけど、怖がりだから」

孝史の額に汗が浮いていた。快感の汗だ。

「本当に怖がらないでいいんですよ。どんな響子さんも、俺は好きだから」

その思いを示すように、孝史が抜き挿しのピッチをあげていく。

「あ、あうっ、んんっ、あんんっ」

つなぎ目からは、湿った音が立ち、響子の秘所が放つ女のアロマがふたりを包んでいた。

グイグイと突きあげられ、背中の反りが深くなっていく。

孝史は片手で腰を抱きながら、片手で浴衣の襟を引いた。

「おっぱいを吸いたいのに……」

乳房の上半分までは出るが、乳頭までは出せないのが寂しいようだ。

響子は自分で襟元をくつろげ、片方の乳房をあらわにした。

「帯をはずさないと、おっぱいは出せないけど……いまは片方だけでも吸って……あん」

言い終わらないうちに、孝史が響子の乳首に吸いついていた。

反り返ったペニスで内奥を突かれる快楽にくわえて、性感帯を吸われる愉悦に、目の前がかすんでいく。

「気持ちいいですか」

「すごく……いい、いいっ」

響子の白桃がグラインドする。絶頂に至る直前の癖だ。

背すじから脳髄までが熱を帯びる。四肢がヒクつく。もう、思いどおりに体を動かせない。

濡れは激しくなり、孝史の腰と響子の尻がぶつかるたびに、ヌチャッ、ヌチャッと淫靡な音を立てた。

「ああ、イク、イクのっ。ちょうだい、孝史くんのお汁を、わたしにちょうだいっ」

響子は孝史の腰を足で抱いた。密着を自分から強めていく。

積極的な反応を受けて、孝史は響子をいとおしげに見つめた。

(やだ……視線だけで、感じちゃうっ)

絶頂直前の様子を見つめられるのは、愛人時代にプレイのひとつとして経験している。しかし、いま孝史に見つめられるのは、己の欲望を見つめられているようで、羞恥心が刺激された。

「奥でいっぱい出してあげますよ……あ、ああ……イク、イク……」

パンパンパンッ!

欲望放出前の抜き挿しは、優しい腰の動きから一転して激しいものだった。

孝史にくわえられたままの乳首と乳房が、タプタプ音を立てる。

じっくりつながり、たっぷり感じたあとだったので、激しい動きは痛みではなく、強い快感をもたらした。

「いい……あん、いいの、イク、イクイクッ」

孝史の男根が最奥で動きをとめたとき、響子の蜜口がギュンと締まった。

「俺もイキます……おお……おおおおおっ」

ドクン、ドクンッ！

蜜壺の中で亀頭が揺れ、白濁が飛び散る。

「いい、いい……あああっ」

白い情熱を蜜壺に注がれながら、響子は達していた。

孝史がすべてを出しきるまで、カウンターの上で響子は抱きしめられていた。

一年近い思いがこめられた精液の量はおびただしく、響子の肉壺だけでは受けとめられなかった。あふれたものが、白い内股を伝って、床に落ちていった。

孝史がペニスをはずし、響子を抱きしめてキスをする。

情事の余韻に浸るキスをしながら、孝史が響子をカウンターに向かせる。

浴衣の裾をまくりあげ、ヒップをむき出しにすると、孝史はふたたび肉棒を響子の膣口にあてがった。

「さっきは座位だったので、次は違う体位で」

「大丈夫なの、そんな連続でなんて」

「響子さんは無理ですか……疲れたのなら休みましょうか」

「いらない……ずっと、ひと晩中孝史くんとつながっていたいくらい、したいの」

本音を呟いていた。

これでは、セックス大好きな痴女ではないか。響子はそれに気づき、顔を赤くした。

「違うの。ずっと孝史くんのそばにいたいって言いたかったの」

「どっちの意味でも大丈夫ですよ。俺も響子さんを放す気はないですから。響子さんが疲れて、もうよして、って言うまで、ずっとしていたい」

そう言われたとたん、響子の蜜壺からコプッという音を立てて、白濁液があふれ出た。茶色のリノリウム床なので、白く濁った牡汁は床の上で目立った。

「やん……言葉で感じたら、出ちゃった……」

「下のお口も、またほしくて疼いているんですね。俺のチ×ポもそうです。ほら」

孝史が股間に目を向けた。自然と響子の目もそちらへ向く。

本気汁がまだらについて、ペニスのところどころが白くなっている。怒張は欲望でカリ首を大きくひろげ、赤銅色になって反り返っていた。

「響子さん、バック好きですよね……喫茶店のカウンターに手をついて、立ちバックしませんか」

人魚は、かつての自分の仕事場であり、城でもあった。

そこで淫蕩な行為に耽《ふけ》るなんて、いけないことだ、と頭では思うのだが、火のついた淫欲はその提案に飛びついていた。

響子はうなずいた。

「じゃあ、帯をはずしますね。おっぱいをもみたいから……」

「孝史くん、脱がせなくても、おっぱいは触れるの……」

カウンターに身を預けて、響子は孝史の手を身八つ口に誘った。浴衣の袖と身頃の合わせ目の下に、少し切れ目がある。着つけるときにそこから手を入れて、体に合うように着物を内側から引っぱるためのものなのだが、男性との逢瀬《おうせ》では違う使われ方をしている。そこから手を入れると、着物のまま乳房をもめるのだ。その方法を孝史に教えた。

「あのころに帰ったみたいね」

孝史にマナーやふるまいを教えていたころのようで、響子はくすぐったい気持ちになった。

「ええ……懐かしくって、うれしいです」

響子に導かれるまま身八つ口に手を入れた孝史は、穏やかな口調でそう言った。

なのに、手ときたら淫靡に動いて、下着をつけていない乳房をわしづかみにしている。しかも、指先では乳首をくすぐっているのだ。

「まじめな生徒のふりして、そういうことするの……ずるいっ」

襟元から耳まで赤くしながら、響子が体をくねらせる。

色づき、硬くなった赤い果実に押しつけられた指が上下に動くたびに、あまい声が出てしまう。同時に、内奥から蜂蜜のように濃厚な愛液があふれていた。

「響子さんのせいで、両腕が塞がっちゃったから……俺のチ×ポをアソコに挿れるのは、響子さんがしてくださいね」

背中に覆いかぶさり、響子の性感帯である首すじに息を吹きかけながら、孝史が囁く。

「そんないやらしいことさせないで……」

「そういう反応すると思ってました。だから、してほしいんです」

孝史が銛《もり》のようにひろがったエラを響子の尻にあてた。愛液と精液、そして先走りで濡れた男根の感触と匂いが、響子の欲情をあおる。

「ああん……恥ずかしい……孝史くん、そんなにエッチだったの……」

律動するように腰を動かし、ペニスを白桃になすりつけてくる。その動きは、挿入への渇望を深くさせ、響子は耳まで赤くしながら、欲望のため息をついた。

「響子さんが一年もいなくなるからですよ。そのせいで、イメージトレーニングばっかりしていて、エッチな男になったんですから」

「あああん……」

言葉で責めながら、孝史は指で響子の乳首をいじくっている。硬くなった乳首を少しはじかれるだけで、響子は肢体をくねらせた。

「ほら、ほしいんでしょ。俺のをつかんで、ひとつになりましょうよ」

秘裂が脈打った。孝史のモノがほしい。

肉棒を求めるあまり、子宮が収縮し、淫裂からは白っぽい蜜と樹液が混ざったものが出ていた。

響子はうしろに手をやり、孝史の男根をつかんだ。

熱い。

(孝史くんが積極的……そして、孝史くんと、エッチしたくて仕方がなかったわたしの体も、ほしがりになってる)

唾をごくりと飲みこんで、響子は孝史のペニスを己の蜜口にあてがった。

その間も、乳房はやわやわともまれ、ため息ものの快感を送ってくる。乳房と蜜口、両方の快感に酔いながら、響子は孝史のモノを呑みこんだ。

「ああ……また傘がひろがってるっ、くううっ……」

「響子さんだって、またオマ×コを締めて……くっ……」

ふたりは互いの体におぼれ、ため息を漏らした。

孝史はすぐに律動をはじめる。傘肉で膣肉をかくように腰を少し左右に揺らしながら抜き挿しする。性感帯のGスポットをくすぐられ、響子は声をこらえられない。

「あひ、ひ……すごくいい、いい……」

白い喉に汗を浮かせて、響子はあえいだ。

響子の尻に孝史の腰があたり、乾いた音が店内に響く。

浴衣を着たままの交合は互いを昂らせていた。

孝史の律動が早くもせわしなくなる。

「くうっ、すごい、いいっ、いいのっ」

反り返ったペニスで内奥を擦られるたびに、蜜口から愛液が飛び散った。隣のスツールにも白く濁った蜜汁がついている。ペニスの裏スジがGスポットをくすぐり、響子を狂わせていく。

「あひ、ひ……イク、イク……ッ」

「いいですよ、イッても……」

孝史が響子の耳たぶをくわえ、同時に乳首をキュッとつまんだ。

「あうっ……イク……イッくううっ」

響子は痙攣しながら、果てた。

しかし、孝史の律動はとまらない。

「あふっ、イッたのに、またされたら……あふっ、ふっ……」

「イキまくってください……夢だったんでしょう。イッても、まだ続けられるプレイが」

昔、響子が言ったことを孝史は覚えていたのだ。

「そんなこと……忘れないでいてくれたの」

「忘れられない人だから……お願いだから、今度は消えないで……」

「もちろん……ずっといる……迷惑でも、ずっと……」

響子はそう答えると、孝史とキスをした。

幸せで、胸がいっぱいになる。

「俺が寝てる間にいなくならないように、今晩は響子さんの腰が立たなくなるまで抱きますから、覚悟してくださいね」

孝史の律動のピッチがあがる。

「あ、あうっ、もう、いなくならないけど、して……もっと孝史くんがほしいのっ」

響子は幸せに顔を輝かせながら、あえぎ声をあげた。

◉新人作品**大募集**◉

マドンナメイト編集部では、意欲あふれる新人作品を常時募集しております。採用された作品は、本人通知のうえ当文庫より出版されることになります。

【応募要項】未発表作品に限る。四〇〇字詰原稿用紙換算で三〇〇枚以上四〇〇枚以内。必ず梗概をお書き添えのうえ、名前・住所・電話番号を明記してお送り下さい。なお、採否にかかわらず原稿は返却いたしません。また、電話でのお問い合せはご遠慮下さい。

【送付先】〒一〇一‐八四〇五 東京都千代田区神田三崎町二‐一八‐一一 マドンナ社編集部 新人作品募集係

渚《なぎさ》のはいから熟女《じゅくじょ》 港町恋物語《みなとまちこいものがたり》

二〇二三年六月十日 初版発行

著者◉津村しおり【つむら・しおり】

発行◉マドンナ社
発売◉二見書房
東京都千代田区神田三崎町二‐一八‐一一
電話 〇三‐三五一五‐二三一一(代表)
郵便振替 〇〇一七〇‐四‐二六三九

印刷◉株式会社堀内印刷所 製本◉株式会社村上製本所 落丁・乱丁本はお取替えいたします。定価は、カバーに表示してあります。

ISBN978-4-576-23060-3 ◉Printed in Japan ◉©S.tsumura 2023

マドンナメイトが楽しめる！ マドンナ社**電子出版**（インターネット）……………https://madonna.futami.co.jp/

Madonna Mate